" 58년 개띠가 안되는 게 어딨니? **"**

58년
개띠

인생의
애환

| 김웅원 지음 |

지식공감

서문(序文)

1

나는 그 유명한 58년 개띠 중의 한 명이다. 우리나라의 베이비부머는 2012년 기준으로 약 715만 명이며, 그 중에서 우리 58년 개띠는 78만 명에 이른다. 한마디로 현대사現代史를 관통貫通하는, 전후戰後 베이비붐 세대를 대표하는 중추中樞 세력이라 해도 과언이 아닐 것이다. 우리가 40대일 때 '사오정(45세 정년)'이란 말이 나왔고, 50대가 되자 '오륙도(56세까지 회사 다니면 도둑놈)'라는 자조自嘲적 표현이 인구人口에 회자膾炙되기도 했다.

58년 개띠는 이렇게 고비 고비마다 운運이 별로 없는 '낀 세대'로 각인刻印되어 왔다. 1974년 고교 평준화 첫 적용 연령으로 '뺑뺑이 1세대'라는 꼬리표를 달고 다녔지만, 정작 입시 공포에서 해방된 것은 뒷 세대인 '386'이었다. 고교 평준화 정책이 중3때 갑자기 발표되는 바람에 공부는 공부대로 하고 학교는 '뺑뺑이'로 들어갔기 때문이다. 워낙 58년도에 많이 태어나다보니 초등학교 때는 120명이 3부제로 나뉘어 수업하며 중고교와 대학을 거쳐 취직할 때도 치열熾熱한 경쟁이 우리를 기다리고 있었다.

그러나 58년 개띠를 포함한 베이비부머들이여, 파이팅 합시다! 우리는 대한민국의 눈부신 경제발전을 이룩한 주역 主役이라는 자부심 自負心을 갖고 삽시다. 현실이 힘들지라도 러시아의 문호 文豪 푸시킨의 시 '삶이 그대를 속일지라도'를 되뇌며 웅비 雄飛의 나래를 활짝 펴 힘차게 비상 飛上합시다! 모든 것은 순간 瞬間이며 아무리 힘든 일이라도 솔로몬 왕자가 부왕 父王의 반지에 새겨드린 경구 警句 "이 또한 지나가리라!"를 가슴에 새기고 '제2의 청춘 靑春'을 구가 謳歌합시다!

> 삶이 그대를 속일지라도
> 슬퍼하거나 노하지 말라
> 우울한 날들을 견디면
> 기쁨의 날이 오고야 말리니.
>
> 마음은 미래에 사는 것
> 현재는 한없이 우울한 것
> 모든 것은 지나가는 것이니
> 그리고 지나가 버린 것 그리움이 되리니.

2

58년 개띠인 내가 살던 시대는 농경사회 農耕社會에서 산업사회 産業社會로 넘어가는 과정이었다. 정치적으로도 격정 激情의 시기여서 우리들은 생존과 경쟁하는 데 급급한 인생을 살아왔다. 하지만 우리는 남의 부모님과 다른 선배도 공경 恭敬하는 마음 씀씀이가 있었다. 모든 것이 열악 劣惡했지만 낭만 浪漫과 우정, 그리고 우애 友愛가 있었다. 또 서로 사정이 고만고만해 애초에 위화감 違和感 같은 것은 없었다. 지금의 중장년은 정情이 있고 의리義理가 있다.

이제 베이비붐 세대가 일선에서 막 은퇴를 시작해서 자영업자들과 공무원을 제외하고는 대부분 조만간 현장에서 물러난다. 한편으로는 이들은 현재 대한민국을 이끌어 가는 핵심核心세력이기도 하다. 잘나가는 사람들이나 대학교수들, 또는 일부 성공적인 자영업자들을 제외하면 모두들 일선에서 물러나야만 한다. 이것은 지극히 자연스러운 인생의 순환循環현상이기도 하다. 그들 나름대로 준비를 해왔겠지만 막상 현직을 떠나면서 눈앞에 놓인 은퇴 후 30년이라는 기나긴 미래未來가 크게 걱정이 되는 베이비부머들이 많을 수밖에 더 있겠는가. 지금은 100세 시대가 아닌가 말이다.

자녀 결혼과 학비, 8년여에 이르는 무소득 기간을 아파트와 퇴직금으로 버텨야 하는 이들 베이비부머들은 중산층에서 급전직하急轉直下로 등급이 '조정調整'되고 있는 중이다. 하류층 편입編入을 눈앞에 둔 이들에게 가장 절박한 것은 일자리다. 25년 직장인을 야구의 만루滿壘에서처럼 무작정 밀어내는 한국의 현실 – 우리는 대졸 남자 기준으로 병역의무를 마치면 27세쯤 취업해 50대 초반까지 25년 정도 일하다 퇴직한다. 50대 초중반은 생애주기에서 가장 돈이 많이 드는 시기다. 한국인에게 퇴직은 말 그대로 '인생의 재정절벽財政絶壁'에 다름 아니다. 정든 직장과 동료에게 아쉬운 작별을 고하고 힘없이 집으로 돌아오는 베이비부머들의 막막한 심정에 그나마 최근 국회에서 통과된 '2016년부터 60세로 정년 연장'은 가뭄의 단비인가, 아니면 '만시지탄晚時之歎'의 감感이 드는 그냥 비인가?

요즘 '하우스 푸어' 문제가 큰 사회문제로 대두擡頭되고 있다. 허니문 푸어의 원인 중 주거지 마련 비용은 하우스 푸어와 연관되고, 이후 아이를 출산하여 시간이 경과할수록 베이비 푸어, 에듀 푸어, 잡 푸어 문제까지 추가적으로 나타나게 된다. 이렇듯 누적累積되는 가계의 부담은 결국 부족한 노후대비로 이어져 실버 푸어의 문제로까지 귀결歸結될 가능성이 크다. 이러한 '누적식 가난'의 가장 큰 부분을 차지하는 것이 하우스 푸어이다. 집을 마련하기 위한 비용부담은 '누적식 가난'의 시작인 허니문 푸어의 주요 요인이고, 기타 베이비 푸어, 에듀 푸어, 잡 푸어에 이르기까지 연쇄적連鎖的으로 큰 부담이 되고 있는 것이 오늘의 현실이다. 자, 우리 모두 심기일전心機一轉하여 '푸어 시대'를 마감하고 명실상부名實相符한 '부富의 재분배 시대'를 열어 자라나는 세대들에게 꿈과 희망을 안겨주자!

3

누구나 인생人生을 살아가다보면 후회後悔와 미련이 남을 수 있다. 나는 가급적 이런 감정을 갖지 않으려 노력하고 있으나, 불가항력不可抗力적인 경우 심적心的 치유治癒를 위해 애송愛誦하는 시가 있다.

나의 마음을 에둘러 절묘하게 표현한 '가지 않은 길'은 현대 미국 시인 중 가장 순수한 고전적 시인으로 손꼽히는 로버트 프로스트의 시다. 소박한 전원의 정서情緒를 인생의 문제로 승화昇華시킨 서정시이다.

제재題材는 숲 속에 난 두 갈래의 길이며, 주제는 삶에 대한 희구希求와 인생행로에 대한 회고回顧이다. 숲 속에 나타난 두 길은 운명 앞에 나타난 두 갈래의 인생행로와 상호관계를 가지며 펼쳐진다.

어떤 길에나 갈림길이 있게 마련이다. 낯선 갈림길 앞에서 우리는 망설일 때가 간혹 있다. 이 길로 가야 할까 저 길로 가야 할까, 이쪽 길이 바른 길인지 아니면 저쪽 길이 바른 길인지 몰라 망설이게 되는 것은 인지상정人之常情이다. 사람이 많이 모여 사는 도시에서는 길목마다 대개 표지판이 있어 별로 불편하지 않으나, 인적이 드문 산길이나 시골길에서는 낯선 그 갈림길 앞에서 갸웃거릴 때가 많다. 우리가 이 풍진 세상을 살아가면서 가끔씩 선택의 기로岐路에서 어쩔 줄 몰라 하는 것은 누구나 한 번쯤은 겪게 되는 일일 것이다.

시의 원제原題가 '가지 않은 길 The Road not Taken'인 것을 보면 자신이 걸어온 길보다는 걷지 않았던 길에 대한 미련이 남아 있음을 알 수 있다. 시에 나오는 길은 바로 인생의 길이다. 인간은 동시에 두 길을 갈 수 없으므로, 바로 여기에서 인생의 고뇌苦惱와 인간적 한계가 생겨난다.

세상의 모든 길은 두 갈래 길로 나뉜다. 갔던 길과 가지 않은 길, 알려진 길과 알려지지 않은 길, 있는 길과 없는 길, 우리의 삶을 살아가면서 선택이라는 이름 아래 우리는 한 길만을 걸어가야 한다. 그 누구도 두 가지 길을 동시에 걸어갈 수는 없다. 한쪽 길로 들어서는 순간 결코 되돌아올 수 없다. 이것은 시간을 거스를 수 없는 인간의 숙명宿命이다.

이 시에서 프로스트는 사람들이 적게 간 길을 택했고, 그 선택이 모든 것을 바꾸어 놓았다고 했다. 그러나 '가지 않은 길'이란 사람들이 적게 갔었기 때문에 선택할 수 있었던 길인 동시에, 또한 그 길을 택함으로써 내가 선택하지 않은 길이기도 하다. 마치 바둑에서 패覇에 의하지 않고서는 두 수를 연달아 놓을 수 없듯이 말이다.

이 시가 던져주는 메시지가 인생을 살아가는 우리 모두의 공통된 화두話頭일 것으로 간주看做하는 것은 비단 나만의 생각일까?

결국 이미 흘러간 물로는 물레방아를 돌릴 수 없다. 그러므로 지나간 과거의 일 또는 일단 내린 선택選擇에 대한 불안이나 집착執着만큼 무의미한 것도 없다. 아직 오지 않은 미래에 대한 불안도 마찬가지다. 앞으로 상황이 어떻게 전개될 지도 모르는데 어째서 아직 일어나지도 않은 일로 인해 불안에 떨어야 하는가. 지금 이 시점時點만이 나에게 가장 중요한 것이다.

4

내가 주식株式을 하는 이유는 돈 버는 것보다도 세상으로부터 소외疏外 받지 않기 위해서, 세상 속에서 부대끼며 함께 살아가고 있음을 확인하고픈 심리心理에서 한다. 내가 주식에 천착穿鑿하는 이유는 허황된 '대박심리'가 아니며, 적당히 자본주의의 삶 속에 젖어들고 싶은 심리에서 비롯된다.

어차피 인생은 '공수래공수거空手來空手去'다. 돈을 많이 벌어서 저승에 가져갈 것도 아니지 않은가. 세상에 영원한 것은 없고, 영원히 나의 소유인 것도 없다. 무작정 모으는 것에만 집중하지 말고, 모은 재물을 어떻게 쓸지에 대해서도 관심을 가지면 좋겠다. 우리 속담에 "개같이 벌어서 정승政丞같이 쓰라"는 말이 있다. 나는 씀씀이에 '나눔의 미학美學'이 스며있을 때 정승 같다는 표현을 써도 괜찮지 않을까 생각한다. 우리 좀 나누고 살자! 더 살기 좋은 세상을 후손들에게 물려주기 위해서라도….

중년의 로망은 한 폭의 그림 같은 전원주택田園住宅에서 부부가 함께 온갖 기화요초琪花瑤草도 가꾸고 텃밭도 일구면서 유유자적悠悠自適한 삶을 즐기는 것이리라. 하지만 삶의 애환哀歡이 서린 수필隨筆을 읽다말고 불현듯 떠오르는 생각은 미래를 고민할 것 없다는 것이었다. 중랑천변川邊에 작은 사무실 하나 얻어 내 업무를 도와줄 여직원 1명과 현금 좀 들고 주식을 하는 것이다. 만일 그도 여의치 않을 때는 천변에서 저 유명한 강태공姜太公처럼 낚시로 세월을 낚으면 그만 아니겠는가.

여기에 친한 친구가 더해진다면 그야말로 금상첨화錦上添花일 터이다. 공자는 〈논어論語〉에서 '유붕자원방래불역락호有朋自遠方來不亦樂乎'라고 했다. 원문을 해석하면 '벗이 있어 멀리서 찾아주니 또한 즐겁지 아니한가?'란 의미다. 친구란 누구에게나 기쁨을 주는 존재이다. 나와 함께 시간을 보내며 관심을 공유共有하는 존재가 삶에 있어서 얼마나 큰 힘이 되는지 모른다. 외로울 때 불러내 술 한 잔 마시면서 속마음을 허심탄회虛心坦懷하게 나눌 수 있는 타인이 있다는 사실은 우리의 삶을 얼마나 윤택潤澤하게 만들어 주는지 직접 경험하지 않으면 모를 것이다. 그래서 진정한 친구는 소중한, 너무나 귀중한 존재이다.

5

베이비붐 세대라면 모든 이들이 그러하듯이, 나 역시 회사의 발전이 나와 가정 그리고 사회에 기여하고 있다는 확고한 의지意志와 자부심自負心으로 청춘을 보냈다고 해도 과언이 아니다.

그 청춘을 보냈던 '제2의 고향' 안산에서 지금 나는 기숙사 생활을 하고 있다. 스스로 해결해야 하는 의식주 문제는 익숙해진 상태에서. 그러나 문제는 지금도 주변을 두리번거리고 있다는 것이다. 나의 청춘을 고스란히 보냈던 곳인 안산에 장년의 나이로 돌아와서 새삼 허탈함을 느끼고 있는 것이다. 안산으로 돌아온 것이 분명 '권토중래捲土重來'는 아니고, 내가 대덕산업에서 선후배·동료들의 도움으로 승승장구乘勝長驅(?)했으니, '금의환향錦衣還鄉'에 가깝다고 해야 할 것이다.

그런데 내가 목마르게 찾고 있는 것은 과연 뭘까? 나는 꽤 오랜 시간을 심사숙고深思熟考한 끝에 드디어 그 답을 찾았다.

소통疏通이다. 주변인과 세상과의 소통이다!

젊음을 보냈던 안산에서 아주 작고 미세微細할지라도 가는 세월을 정겹게 맞이할 수 있는 유일한 것은 소통疏通과 배려配慮임을 나는 확신한다. 세상을 창조創造하신 하느님의 가르침을 나는 나름대로 외로운 독거獨居노인들을 배려하는 것이라고 푼다. 현실의 어려움에 직면한 이들과의 진정어린소통은 그 가치가 무엇과도 비교할 수 없을 정도로 소중하다고 생각한다.

작고 미력微力하나마 내가 미칠 수 있는 것이 시나브로 서서히 가시可視적으로 다가와 이제 발걸음을 내딛고자 한다. 대한민국을 IT산업 강국으로 초석礎石을 놓아 부각浮刻시킨 메카 안산에서 젊음을 같이했던 선후배 동료들과 '대친회' OB 모임의 진정성眞正性을 기본으로 의기투합意氣投合하여 봉사활동을 펼쳐나갈 것이다. 차제此際에 이 졸저拙著를 판매한 수익금收益金 전액全額을 안산 지역의 독거노인들을 위해 쓸 것을 약속드린다.

나의 '제2의 고향' 안산에서 20년 만에 만나는 선후배들에게 그동안 베풀어 주신 후의厚誼에 대해 이 자리를 빌려 깊이 감사드린다.

LED 기술의 1인자 권이장 선배, 한국금형기술의 1인자 이선규 선배, 규모는 작지만 품질 우선의 PCB 제조의 1인자 권중걸 선배께 감사드린다. 또 후배들의 애환哀歡을 보살펴 주는 의리의 홍종휘 선배, CNC의 1인자 홍성중 후배, 무농약 무공해 작물재배에 혼신渾身의 노력을 기울이는 박용호 선배, Hot Press의 1인자 박주원 선배, 안산을 국가발전의 초석이 되는 첨단尖端 도시로 만들기 위해 불철주야 노력하는 김광호 위원장, 그리고 지근至近 거리에서 많은 지원을 해 주시는 손창업 선배, 김유학 선배, 이종욱 교수, 유영성 사장, 권재풍 후배 등 여러분께 거듭 감사드린다. 또 젊은 시절 삼성전자 담당자로서 7년간 함께 일할 때 위로와 배려로 인간적인 따스함을 주신 윤부근 대표, 이석선 전무께 이 자리를 빌려 감사드린다. 또한 국내 경기침체로 중국, 동남아에서 열심히 일하고 있는 친구 이상동, 이수만, 유재홍과 40년 지기 우정으로 더없는 절친 신인호, 이문영, 한선우에게 감사드린다. 바둑으로 인연을 맺은 양재호·박승문 프로기사님, 유년시절 스케이트로 인연을 맺은 조영남 선배님, 옆에서 항상 지켜주는 남서울대학 고성희 교수, 하나님 말씀과 인간적 공감을 주시는 삼일교회 정화영 목사님과 권오식 장로님, 최순규 장로님께 진심으로 감사드린다. 그리고 누구보다도 항상 나를 신뢰信賴하고 응원應援해 주는 사랑하는 아내와 두 아들에게 감사의 마음을 전한다.

2013년 초하初夏 불암산 자락이 내려다보이는 서재書齋에서

김웅원 識

58년 개띠 인생의 애환

2. 기억의 편린 (片鱗)을 찾아서

3. 인연의 두레박이 행복을 긷다

철학적
삶을
꿈꾸며

바둑과 인생

흔히 바둑을 가리켜 '인생의 축소판'이라고 한다. 가로 세로 19로 路 361점에서 펼쳐지는 바둑은 흑과 백이 조화되면서 무한한 수의 세계, 즉 천변만화 千變萬化 를 창조한다. 흑백으로 이루어진 돌들의 역할은 애초부터 정해진 것이 아니며 주변 상황에 따라 역동적 力動 的으로 변화한다.

그러나 바둑의 구성은 단순하다. 바둑돌은 흑과 백 색깔이 다를 뿐 크기와 형태가 모두 같다. 반면, 바둑 구성의 단순함은 조합의 복잡성을 만들어낸다. 세계챔피언이 슈퍼컴퓨터에 패배한 체스의 경우와는 달리 아직 바둑 프로그램은 수많은 인공지능 연구에도 불구하고, 인간의 초보 정도의 실력에 불과한 수준이다.

바둑을 잘 두기 위한 10가지 비결이라고 할 수 있는 '위기십결 圍棋 十訣'은 중국 당 시대의 고수 왕적신 王積薪 이 만들었다고 전해진다. 천 년에 가까운 시간동안 많은 사람들의 사랑을 받아온 바둑의 지혜를 담고 있다.

1. 부득탐승不得貪勝 – 너무 이기려고 욕심내지 말라.

바둑은 이기는 것이 목적이다. 그런데 '부득탐승'은 이기려고 욕심을 내지 말라는 충고이다. 역설적이지 않은가. 이기고 싶은 마음이 강하다고 이길 수 있으면 좋으련만, 그렇게 간단하지 않은 것이 바둑이고, 인생이다. 상대를 이기기 위해서는 우선 자신과 치열하게 싸워야 하는 것이다.

2. 입계의완入界誼緩 – 경계를 넘어 진입할 때는 느긋하게 행동하라.

바둑에서 초반 포석이 진행되면 적군과 아군의 경계가 어느 정도 윤곽을 드러내게 된다. 상대 진영에 단독으로 침입할 것인지, 적당한 선에서 삭감할 것인지, 혹은 내 영역의 확장에 주력할 것인지를 선택해야 할 시점이 온다.

이렇게 '입계의완'이 지향하고 있는 것은 정확한 형세 판단의 경지라고 할 수 있다. 형세 판단은 감각, 수읽기, 전투력 등 각자가 지닌 실력의 총체적인 표현으로, 입신入神의 경지라고 하는 프로 9단들도 "바둑에서 가장 어려운 것이 형세 판단"이라고 입을 모은다.

3. 공피고아攻彼顧我 – 상대방을 공격하기 전에 내 약점을 먼저 살펴라.

바둑에서도 남의 약점은 잘 보이지만 나의 약점은 잘 보이지 않는 경우가 많다. 상대의 대마를 추궁하다가 오히려 공격하던 내 돌들이 위태로워지는 경우가 허다하게 벌어지는 것이 아마추어들의 바둑이다. 그만큼 상대방의 입장에서 생각하기란 참 어려운 일인 것 같다.

그러나 '적의 급소가 나의 급소'라는 유명한 격언이 말해주듯, 좋은 수가 생각나지 않을 때 가장 좋은 방법 중 한 가지는 '내가 상대방이라면 어디에 가장 두고 싶을까'하고 발상을 전환해 보는 것이다.

4. 기자쟁선棄子爭先 – 선수를 잡아라.

어떻게 보면 인생은 정말 불공평하다. 어떤 사람은 돈, 지위, 명예, 건강, 행운 등을 모두 갖고 있는 것으로 보이지만, 때로는 불행의 씨앗만을 가지고 태어난 것 같은 사람도 있기 마련이다. 그러나 남녀노소 지위고하를 막론하고 누구에게나 평등하게 적용되는 사실은, 하루에 24시간이 주어진다는 것이다. 이렇게 공평하게 주어진 시간을 소중하게 활용한 사람은 결국 원하는 것에 가까이 다가설 수 있지만, 허비하는 사람은 인생에서 아무 것도 달성하지 못하고 마는 것이다.

기자쟁선棄子爭先이란 선수先手를 잡기 위해 노력해야 한다는 뜻이다. 선수란 상대방에게 응수하도록 한 후에 먼저 다른 곳으로 향할 수 있도록 하는 수를 말한다. '손 따라 두면 바둑 진다'는 격언이 있는데, 상대방에게 선수를 빼앗기고 계속 끌려 다니기만 해서는 이길 수 없다는 얘기이다.

5. 사소취대捨小取大 – 작은 것은 버리고 큰 것을 취하라.

바둑을 두다 보면 더러는 잡히는 돌도 있기 마련이건만, 많은 아마추어들은 돌 몇 개를 살리려고 중요한 전략적 요소를 놓치곤 한다. 작은 이익은 눈앞에 쉽게 보이지만, 더 큰 이익은 멀리 있어 깊은 생각을 거치지 않고는 보이지 않는 수가 많기 때문이다. '사소취대捨小取大'는 작은 것을 버리고 큰 것을 취하라는 뜻이다.

불확실성 하에서도 매번 의사결정을 해야 한다는 점에서 바둑과 경영은 비슷한 점이 많다. 지금 우리나라의 기업 경영환경이 매우 어렵다. 어려운 상황을 일거에 만회할 수 있는 묘책을 찾고자 하는 것도 인지상정人之常情일 것이다. 그러나 바둑에서 찾아낸 교훈은, 기업 경영에서도 묘수보다는 기본에 충실한 원칙이 중요하다는 진리를 다시 한 번 일깨워 주고 있다.

6. 봉위수기逢危須棄 – 위기를 만나면 돌을 버려라.

가망이 없는 것에 대해서는 미련을 버릴 줄 알아야 한다는 것이다. 집착과 미련을 버려야 할 때 버릴 줄 알면 괴로운 마음도 텅 비워져 어느새 청정淸淨한 마음이 들기 마련이다. 바둑에서는 곤마가 생기지 않도록 하는 것이 최상책이지만, 대국을 하다보면 피차 곤마가 하나 둘, 또는 그 이상 생기기도 한다. 곤마가 발생할 때는 먼저 생사의 확률을 잘 판단하여 대처해야 한다. 사는 길이 있다면 물론 살려야겠지만, 도저히 살릴 가망이 없다고 판단되면 미련을 두지 말고 과감히 버리는 것이 좋다.

7. 신물경속愼勿輕速 – 경솔하게 서두르지 말라.

한 수 한 수를 신중하게 생각해서 놓으라는 말이다. 한 수 한 수가 모두 승부와 직결되기 때문이다. 대국 자세가 올바를 때 보다 깊고 정확한 수읽기를 할 수 있다. 감각을 키우는 데는 속기로 많은 판을 두어 보는 것도 하나의 방법이지만, 실제 대국에서는 '소나기' 내리듯이 빨리 두어서 좋을 것이 없다. 이렇게 빨리 두다보면 착각이나 실수를 많이 하게 되기 마련이다.

8. 동수상응動須相應 – 행마는 서로 조화를 이루게 하라.

바둑판에 두어진 바둑돌 한 개 한 개에는 마치 생명력이 있는 것처럼 서로 유기적인 관계를 형성한다. 그러므로 바둑돌을 놓기 전에 내 돌의 능률과 상대편의 움직임을 예의 주시하며 심사숙고深思熟考해야 한다.

9. 피강자보彼强自保 – 주위의 적이 강한 경우에는 우선 내 돌을 먼저 보살펴라.

상대가 강한 데도 '섶을 지고 불 속에 뛰어들듯' 무모한 싸움을 벌이는 것은 패국敗局으로 가는 지름길이다. 개구리가 뛸 때 더 멀리 뛰기 위해 다리를 웅크리듯이, '2보 전진을 위한 1보 후퇴'라고 할 수 있다.

10. 세고취화勢孤取和 – 형세가 외로울 때는 화평을 취하라.

승리를 위해서는 순간의 굴욕을 참는 것이 진정한 용기이다. 또 '아생연후살타我生然後殺他'라는 바둑 격언처럼 일단 스스로를 먼저 보강하면서 국면의 변화 추이推移를 면밀히 살펴야 한다.

나도 이제는 우리 인생을 살아가는 데 있어 너무나 흡사한 '위기십결'을 교훈으로 삼아, 인생과 바둑이라는 '두 마리 토끼'를 잡아야겠다고 다짐해본다.

인터넷바둑으로 여는 세상

나는 오늘도 눈 뜨자마자 사이버^{Cyber} 세계에서 '도끼 자루 썩는 줄 모르고' 한 판의 바둑을 둔다. 그렇게도 기력의 일취월장^{日就月將}을 꿈꾸고 있건만, 아직도 두면 둘수록 어설프게 느껴지는 아마추어 5단 수준에서……

인터넷 사이트에서 흘러나오는 '가왕^{歌王}' 조용필의 '허공' 노랫가락에 나도 모르게 흥얼거리며 발장단을 맞춘다.

이어 나오는 노래는 영국의 전설적인 록 그룹 비틀즈의 'Let it be'다. 흔히 'Yesterday', 'Hey jude'와 함께 비틀즈의 3대 명곡으로 손꼽히는 히트곡인 'Let it be'는 멜로디도 좋지만 가사 내용이 압권^{壓卷}이다. '그냥 그대로 내버려 두라'는 말, 이 얼마나 멋진 말인가! 내가 정말 좋아하는 팝송이다.

결국 조용필의 '허공'과 비틀즈의 'Let it be' 메시지를 조합하면 '사랑했던 마음도 미워했던 마음도 허공 속에 묻어야만 될 슬픈 옛이야기를 들춰내지 말고, 그냥 그대로 내버려 둬'라는 이야기가 된다.

아무튼 오늘은 운영자에게 감사 멘트라도 해 주어야겠다는 생각이 든다.

전에도 나와 종종 대결했던 기력 5단의 인사가 도전해 왔다.

저 친구 잘 두던데……. 왠지 갑자기 자신이 없다.

그러나 나는 이내 마음을 고쳐먹고 전의戰意를 불태우며 나 스스로에게 다짐했다.

"그래, 좋다. 어디 한 번 해 보자!"

'파부침주破釜沈舟'의 심정으로 결의를 다지며 대국에 임했다.

그러나 프로기사인지 아마추어인지 구별하기도 힘들다는 초반 포석을 마치고 중반전에 돌입하고 나서 문제가 생기기 시작했다.

경계를 넘어 진입할 때는 느긋하게 행동하라는 '입계의완入界誼緩'을 어겼기 때문이다.

'남의 집이 커 보인다'는 말이 있는데, 상대의 집이 커 보인다고 해서 너무 깊게 들어가면 매서운 공격을 받아 잡히거나 다른 곳에서 출혈을 입는 경우가 허다하다. 그렇다고 해서 너무 몸을 사리게 되면 상대에게 큰 집을 허용하여 대세에 뒤지게 될 수도 있다.

어쨌든 대마를 살리기 위해 갖은 방법을 총동원했으나 '장수'를 잘못 만난 애꿎은 '부하 장병(돌)'들은 바둑판 위에서 치열한 접전을 펼치다 장렬壯烈히 산화散華하고 말았다. 어허, 통재로다!

분기탱천憤氣撑天하여 감연敢然히 재대결을 신청했지만, 이미 심안心眼이 흐려진 나는 또다시 패퇴하고 말았다.

'위기십결圍棋十訣'을 거슬러, 마치 유비의 아들 아두를 품에 안고 단기필마 單騎匹馬 로 적진에 뛰어든 상산 常山 조자룡 趙子龍 처럼 좌충우돌 左衝右突 했으나, 오늘은 안 되는 날인가 보다.

문득 두 가지 상념 想念 이 뇌리를 스친다.

하나는 '도전은 아름다운 것'이며, 다른 하나는 '너 자신을 알라'이다.

58년 개띠 인생, 그동안 꽤 오랜 세월을 살아왔는데 아직 답을 못 찾겠다. '내기도 없는 인터넷바둑에서 나도 몇 년 전에는 저 정도 두었는데……' 하면서 스스로를 위로한다. 세월에는 장사 없다더니, 어이하랴!

나는 한국기원 공인 5단 자격도 취득했었다. 양재호 사범으로부터 개인지도도 받았고, 바둑TV에서 박승문 사범과 대국도 했거늘…….

아, 그때는 4점을 놓고 이겼었다. 박승문 프로는 대국이 끝나고 나서

"선생님이 착하신 분 같아서 져 드렸어요!" 한다.

"그렇게 봐 주셔서 감사합니다. 박승문 사범님!"

인간 세상사, 한 판의 바둑을 두는 것과 같거늘-. 사람들은 장고 長考 로 세월을 보내는 이도 있고, 승부에 집착하여 무리수로 일관하는 이도 있다.

나는 오늘도 한 판의 바둑을 통해 천하를 호령하며 경영하기에 여념이 없다.

마치 이 한 판에 나의 모든 삶의 가치가 내재 內在 되어 있다는 듯이 전력투구 全力投球 하며 용을 쓰고 있다.

'전설' 비틀즈를 있게 한 원동력

아무리 음악에 문외한門外漢이라 하더라도 영국의 세계적 록그룹 '비틀즈 The Beatles'를 모르는 사람은 아마 없을 것이다. 1960년 영국 리버풀에서 결성된 비틀즈는 1962년 존 레논, 폴 매카트니, 조지 해리슨, 링고 스타로 멤버가 확정되어 본격적인 활동에 들어갔다. 이들은 처음 로큰롤에 기반을 두고 출발했지만 이후 포크 록과 하드 록, 바로크 및 파워 팝 등 여러 장르의 탄생과 발전에 영향을 미쳤고, 이를 연주하는 음악가들에게도 지대至大한 영향을 주었다. 이들은 단순히 음악에만 국한局限하지 않고 나아가 1960년대의 사회·문화적으로 가히 '상전벽해桑田碧海'라고 표현해도 무리가 없을 정도로 큰 변화를 몰고 왔다.

다른 것은 차치且置하고라도 비틀즈는 1970년까지 총 12장의 정규 음반을 발표했는데, 세계적으로 10억 장 이상의 음반을 팔아치워 역대 가수 중 아직도 부동不動의 기록을 갖고 있다. 비틀즈는 또 빌보드 50년 역사상 1위 싱글이 20곡으로 가장 많이 1위를 차지한 가수로 기록되었고, 50여 곡이 넘는 톱 40위권 싱글들을 만들어냈다.

또한 이들은 그래미상에서 7번 수상受賞한 것을 비롯해 세계의 권위 있는 상을 휩쓸다시피 했다. 1999년 미국의 〈타임〉지는 '20세기의 가장 영향력 있는 인물 100인'에 비틀즈를 선정했고, 이후 미국의 연예잡지 〈버라이어티〉는 비틀즈를 '20세기 연예인의 대표 우상偶像'으로 발표하기에 이르렀다.

비틀즈의 빌보드 싱글차트 1위곡들(총 20곡 - 역대 싱글차트 1위 보유 아티스트 1위)만 알아보더라도 숨이 찰 지경이다. 내가 신신분식에서 청소년들의 우상으로 군림君臨하며 틀어준 비틀즈의 명곡名曲은 수없이 많지만, 대략 다음과 같은 음반은 LP판으로 다 틀어주었다고 기억한다.

●

1964 – I Want You Hold Your Hand (비틀즈의 미국 상륙의 계기가 된 곡)

1964 – She Loves You

1964 – Can't Buy Me Love

1964 – Love Me Do

1964 – A Hard Day's Night

1964 – I Feel Fine

1965 – Eight Day's A Week

1965 – Ticket To Ride

1965 – Help!

1965 – Yesterday (비틀즈의 폴 매카트니가 만든 곡으로 지금까지 2,500번 이상 리메이크됐고, 2,000명이 넘는 아티스트들이 노래를 불렀다. 또 경음악, 클래식으로도 편곡된 곡이다. 팝음악 역사상 최고의 레코딩 기록과 전 세계 사람들의 애창곡으로 사랑받는 곡)

1966 – We Can Work It Out

1966 – Paperback Writer

1967 – Penny Lane

1967 – All You Need Is Love

1967 – Hello Goodbye

1968 – Hey Jude(역시 최고의 음악가 중 한명인 폴 매카트니가 만든 곡으로,
　　　존 레논의 아들 줄리앙 레논에게 주는 곡으로 만든 곡)

1969 – Get Back

1969 – Come Together

1970 – Let It Be(비틀즈 최고의 명곡으로, 대중음악에 있어서 아직까지도 최
　　　고의 곡으로 인정받음)

1970 – The Long And Winding Road(비틀즈의 마지막 빌보드 싱글차트
　　　1위곡)

　이렇게 전설적傳說的 록밴드인 비틀즈도 처음부터 승승장구乘勝長
驅했던 것은 아니다. 영국 리버풀 노동자들의 아들인 이들도 처음에
엄청난 고생을 했다. 이들의 '비하인드 스토리'를 알아보면 하마터면
중간에서 해체解體돼 우리가 비틀즈의 존재도 모를 뻔 했다는 사실
도 알 수 있다.

　존 레논이 열아홉 살 때, 비틀즈는 독일 함부르크의 어느 클럽에
서 간신히 연주演奏하는 일자리를 얻게 되었다. 하지만 당시 함부르
크는 여기저기 총성이 울려 퍼지고 갱들이 활개 치는 범죄 도시요,
우범지대虞犯地帶였다.

　이 시절 멤버들의 식사라고는 점심 때 우유에 말은 콘플레이크 한
그릇이 전부였다. 그러고서도 하룻밤에 무려 10~12시간을 무대에
서는 강행군強行軍을 했다. 또 화장실을 대기실로 쓰는가 하면, 숙소
는 근처 영화관에 딸린 창고를 이용했다. 클럽을 찾는 손님들은 음

악에는 별로 관심이 없는 거친 사람들이 대부분이었고, 개중에는 전과자도 더러 섞여 있었다.

그런 생활을 한 지 다섯 달이 되어가는 어느 날, 조지 해리슨이 열여덟 살이 안 되었다는 사실이 들통 나는 바람에 체포^{逮捕}되어 나라 밖으로 추방^{追放}된다. 설상가상^{雪上加霜}으로 숙소로 사용하던 영화관에서 폴 매카트니가 성냥을 긋다 작은 화재 소동이 일어나면서 방화^{放火} 용의자^{容疑者}로 몰려 추방된다.

이렇게 해서 비틀즈는 고향인 영국 리버풀로 돌아가야만 하는 상황이 되었다. 의기양양^{意氣揚揚}하게 향했던 독일이었건만, 유명해지기는커녕 그들의 귀향^{歸鄕}은 참담^{慘憺}하기만 했다. 실의^{失意}에 빠진 이들은 결국 자신감^{自信感}을 잃게 되었다.

귀국 후 존 레논은 여자친구에게 "비틀즈는 이제 끝났어!"라고 말했을 정도로 의기소침^{意氣銷沈}해 있었다. 훗날 천재라고 불리게 될 폴 매카트니조차도 이때는 허탈해하며 집에서 빈둥거렸고, 아버지에게 야단을 맞고 마지못해 취직한다. 폴은 트럭에 화물을 싣고 내리는 일을 시작했지만, 2주 만에 해고^{解雇}되었다. 전기 코일을 감는 일도 해봤지만 다른 직원이 하루에 열 개 이상 처리할 때 한 개 반밖에 하지 못할 정도로 일솜씨가 서툴렀다.

이때 끝까지 음악을 포기하지 않은 멤버가 있었으니 바로 조지 해리슨이었다. 조지는 폴과 존을 찾아가 다시 밴드를 하자며 연신 독려^{督勵}했다. 그리고 드디어 기회가 찾아왔다. 1960년 12월 27일, 이날은 비틀즈의 전환점^{轉換點}이라고 일컬어지는 날이다. 비틀즈는 리버풀 북쪽 리더랜드 타운홀 무대에 섰다. 폴이 '롱 톨 샐리'를 열창^{熱唱}하자 커다란 환호^{歡呼}가 일면서 관객들이 모두 일어서더니, 찢어질

듯 비명悲鳴을 지르며 무대로 밀려들기 시작했다. 대체 어떻게 된 일이었을까?

그것은 밑바닥 생활을 경험했던 함부르크에서 다섯 달 동안 고된 연주생활을 하면서 그들의 음악이 극적劇的으로 '진화進化'했던 것이다. 존 레논은 훗날 이렇게 회상回想했다.

"비틀즈가 비틀즈로 성장한 것은 리버풀이 아니라 함부르크에서였다. 함부르크에서 우리는 진정한 록밴드로 성장했다. 내리 열두 시간을 연주하면서 말도 통하지 않고, 심지어 음악 따윈 안중에도 없는 사람들에게 어떻게 맞추어야 하는지를 배웠다. 힘든 날이었다. 그렇게 혹독한 지옥 같은 생활, 아니 그보다 더 못한 날들 속에서 우리는 가장 중요한 것을 우리 것으로 만들었다."

참고도서 : 〈마음이 꺾일 때 나를 구한 한마디〉

나는 비틀즈의 숨은 이야기를 접하고, 출처出處는 분명치 않으나, 내 메모장에 적어둔 글을 다시 한 번 살펴보았다.

죽을병에도 살 약이 있다.
아무래도 해결할 수 없을 것처럼 보이는 어려운 일이라도
최선을 다하여 노력하면 알맞은 방법이 생긴다.
곤란을 당했다고 해서 쉽사리 포기해 버리지 말고
끈기를 가지고 기다리면서 무엇이든 해낼 수 있다는 믿음으로
계속해서 있는 힘을 다해야 한다.

인생 오계(五計)와 오멸(五滅)의 철학

송나라 학자 주신중^{朱新仲}은 '인생 오계론^{五計論}'을 주장했는데 생계^{生計}, 신계^{身計}, 가계^{家計}, 노계^{老計}, 사계^{死計}가 바로 그것이다.

'생계'란 무엇 때문에 사는가, 어떻게 살아야 하는가 하는 삶의 의의^{意義}를 항상 염두에 두고 있어야 함을 뜻한다. 생계에서 성공을 거두려면 가장 중요한 것이 나의 적성에 맞는 직업을 선택하는 일이다. 정녕 내가 미치도록 좋아하는, 즐기면서 할 수 있는 일을 하는 것이다. 그러면 그 직업에 상관없이 자신의 온갖 열정을 쏟아 붓는다면 성공은 이미 따 놓은 당상이다.

'가계'는 우리가 살아가는 데 적당한 경제력을 갖추는 계획을 말한다. 여기에는 가정을 원만하게 꾸려나갈 경제적인 문제는 물론이고, 부모와의 관계, 부부관계, 부모와 자식 간의 관계, 형제자매 관계를 어떻게 형성해 나갈 것인가의 문제도 포함된다. 다만, '개같이 벌어서 정승같이 쓴다'는 속담은 배제하는 것이 좋을 듯하다.

'신계'는 두말 할 것도 없이 건강을 지키는 일이다. '건강한 신체에 건강한 정신이 깃든다'는 말이 있듯이, 정신적으로나 육체적으로 건강하게 살 수 있도록 계획을 세워 실천해야 한다. 건강하지 않고서야 어떻게 인생의 보람을 찾을 수 있겠는가?

'노계'는 나이 먹은 뒤를 어떻게 보낼 것인가, 즉 '아름답고 우아優雅한' 품위 있는 노후를 위한 계획이다. 어떻게 하면 주위나 자식들에게 폐를 끼치지 않고 당당한 노후를 보낼 것인가 고민해야 한다. 이렇게 늘그막에 '울림'이 있는 삶을 살려면 많은 것을 내려놓고 비우는 연습이 꼭 필요하다. 그렇지 못하면 '노추老醜'라는 이름의 굴레에서 벗어날 수 없다.

마지막으로 '사계'는 그동안 살아온 인생을 정리하면서 안심하고 만족스럽게 죽을 수 있는가 하는 계획을 말한다. 다시 말해 어떤 모습으로 이 세상을 떠날 것인가의 계획이다. 요즘 '웰빙'과 함께 자주 등장하는 '웰다잉'과 같은 뜻으로, 한마디로 말하면 '유종의 미'를 거두는 것을 말한다. 호랑이가 죽어서 가죽을 남긴다면, 우리는 삶을 마감할 때 이름 석 자는 남기고 떠나야 창조주에 대한 최소한의 기본 예의가 아닐까 생각해 본다.

결론적으로, 살아서 죽을 때까지 자신의 몸과 인생을 잘 가꿔서 남에게 해롭지 않게, 집안을 궁하지 않고 풍족하게, 몸을 건강하게 가꾸며 아름답게 늙어 아름답게 죽음을 맞이하라고 요약할 수 있겠다.

아무튼 이 '5계'의 영향을 받아 '오멸五滅'이라는 노후 철학이 등장한다.

그 첫 번째가 삶에 미련을 잡아두는 재물을 극소화해야 죽음이 편안해진다는 '멸재滅財'요, 두 번째는 '멸원滅怨'으로 살아오는 동안 남에게 산 크고 작은 원한을 애써 풀어버릴수록 죽음이 편안해지는 것을 말한다.

세 번째는 '멸채滅債'로, 남에게 진 물질적·정신적 부채를 청산하는 일이다. 중종 때 선비 김정국은 언젠가 화가 나 발길질했던 강아지에게까지 뼈다귀를 물려 '멸채'를 했다고 전해진다.

네 번째는 '멸정滅情'으로 정든 사람 정든 물건으로부터 정을 뗄수록 죽음이 편해진다는 것이다. 마지막 다섯 번째는 죽으면 끝장이 아니라 죽어서도 산다는 '멸망滅亡'이다.

조선 명종 때 홍계관이라는 소문난 점쟁이가 있었는데, 상진尙震 정승도 홍계관으로부터 점을 보고 미리 편안하게 죽을 수 있게끔 사계死計를 세워 나갔다고 한다.

상진 대감은 이렇게 오멸철학을 실천하며 죽음을 겸허하게 기다렸는데 죽는다는 연월이 지나도 죽을 기미가 보이지 않았다. 이에 홍계관을 불러 맞지 않은 점괘를 두고 따지자 "죽을 운명을 좌우하는 것은 오로지 남에게 알리지 않고 베푼 음덕陰德 뿐입니다"라며 생각나는 음덕 베푼 일이라도 없으시냐고 물겠다.

상진 대감이 가만히 생각해보니, 임금님의 수라간에서 금으로 만든 그릇을 훔쳤다가 들킨 별감別監으로 하여금 장물을 현장에 갖다놓게 하고 은밀히 사형을 면하게 해준 음덕이 있었다. 그래서 15년간 더 살았다고 하나, 음덕 덕분이 아니라 오멸五滅에 의한 정신적 안정 때문에 더 살았을 것이라고 추정된다.

마음 편하게 죽는 학문을 체계화한다는 죽음학회가 발족했다는 소식을 몇 년 전에 들었는데, 나도 이 기회에 이 학회에 회원으로 가입해야 할까 생각 중이다. 내가 과연 이 학회에 가입할 수 있는 자격이 있는지는 모르겠지만…….

골프와 경영

골프는 코스 위에 정지하여 있는 흰 볼을 지팡이 모양의 클럽으로 잇달아 쳐서 정해진 홀球孔에 넣어 그때까지 소요된 타수打數의 많고 적음으로 우열優劣을 겨루는 경기이다. 골프코스는 들판·구릉·산림 등 66만~100만㎡의 넓은 지역을 이용하여 정형整形되어 있고, 해변에 만들어지는 시사이드 코스와 내륙에 만들어지는 인랜드 코스가 있다.

한편, 코스를 1바퀴 돌면 7~8㎞의 거리에 이르므로 하이킹 또는 사냥 등과 같은 레크리에이션 효과를 즐길 수도 있다. 핸디캡의 채용으로 남녀노소가 동등하게 기技를 겨룰 수 있으며, 룰 적용의 심판은 플레이어 자신이 해야 하고, 규칙은 다른 스포츠에서는 볼 수 없을 만큼 미묘微妙하게 세분화細分化 되어 있는 점이 골프의 특징이다.

윈스턴 처칠 전 영국 수상은 "골프는 별로 적합하지 않은 기구를 가지고 작은 공을 작은 구멍에 집어넣는 게임이다"라고 말했다. 골프는 플레이하기가 어려운 경기임에도 불구하고 언제나 사람들의 이목耳目을 집중시켰다. 골프의 기원起源은 여러 가지 설이 있지만 스코틀랜드가 종주국宗主國이라고 전해지고 있다. 골프는 이상하리만치 땅에 놓여 있는 물체를 막대기로 치고 싶어 하는 인간의 강박적强迫的인 욕망을 부추기는 면이 있다. 마치 우리가 어렸을 때 '자 치기'를 하면 왠지 자꾸 자를 치고 싶어 안달이 났던 것처럼 말이다.

나도 회사를 경영하는 사람이지만 CEO는 사업을 통해서 꿈을 이루려는 사람이라고 정의定義할 수 있겠다. CEO들은 꿈을 이루기 위해서 결국 시간·돈·노력을 투자한다. 사업의 성공을 위해서, 회사의 성장을 위해서, 비전의 달성을 위해서 가지고 있는 모든 시간과 돈과 노력을 투자하며 몰입沒入한다. 항상 생각하고, 항상 대화하고, 항상 실행하면서 성공할 때까지 시간과 돈과 노력을 쏟아 붓는다. 사업이 골프와 닮은 점이 바로 이런 것이라고 생각한다.
시간과 노력과 돈을 쏟아 부었다고 해서 모두 성공하는 것은 아니지만, 스스로 만족하고 세상이 인정하는 위치까지 발전하는 경우는 많지 않다. 그러나 실패란 성공을 위한 과정이라고 생각하면 결코 실패한 것은 아니다. 다만, 시간과 돈과 노력을 다해 더 이상 진전進展이 어려운 상태에 도달한 경우는 많다.

그렇다면 CEO로서의 모든 고민은 하나로 귀결歸結되는데, 어떻게 하면 이 한정된 자원을 효율적으로 사용해서 주어진 성과를 달성하고, 다시 재투자할 수 있는 자원을 확보하느냐 하는 것이다. 성공한 CEO란 모든 것이 안정되어 시간적 여유가 생기기 시작하는 데서 출발한다고 본다. 즉, 새로운 기회를 위해 투자할 자본적 여유가 있고, 지치지 않고 새로운 일에 의욕적으로 도전挑戰할 수 있는 상태가 건강한 회사의 건강한 CEO의 모습으로 생각한다.

골프를 치는 사람들은 예외 없이 모두 골프를 좀 더 잘하고 싶어한다. 그렇다면 사업 경영과 마찬가지로 시간과 돈과 노력을 투자해야 한다. 투자 없이 이루어지는 성과는 아무것도 없다. 만약 그런 것이 있다면 세상에 70대 점수를 기록해보지 못한 사람이 누가 있겠는가.

골프실력을 향상시키기 위해서는 연습과 이론공부와 라운드에 투자해야 하는 것은 자명自明하다. 연습을 해야 한다는 것은 누구나 잘 안다. 연습을 해야 골프가 몸에 들어오고, 자연스러운 동작이 몸에 배기 때문이다.

조금이라도 노력해 골프의 원리들을 공부해 둔다면 연습의 효과가 극대화될 것이다. 인터넷의 발달은 학습비용도 많이 줄여놓았다. 단순히 스윙의 원리만 공부하라는 것은 아니다. 숏 게임과 퍼팅에 대한 이해, 심리의 이해, 몸에 대한 이해, 장비에 대한 이해, 역사와 룰에 대한 이해, 코스디자인에 대한 이해까지 있다면 골프가 전혀 새로운 차원에서 보일 것이다. 소비자와 시장에 이해가 뛰어나다면 제품개발에서 마케팅과 영업까지 훨씬 더 효율적인 성과를 보이는 것과 같은 이치다. 조금씩이라도 투자해 골프를 보는 눈을 키워야 하는 것이 중요하다.

연습이나 공부보다 훨씬 중요한 것이 라운드 경험이라고 하듯이, 필드에서의 실전경험은 정말 중요하다. 18홀이 힘들면 파3라도, 하다못해 스크린골프라도 나가서 실전 감각을 키워야만 할 것이다.

경영이란 한정된 자원을 효과적으로 활용해 원하는 최선의 성과를 이루는 과정이다. 골프경영이란 역시 시간·돈·노력이라는 한정된 자원을 확보하고, 효과적으로 활용해 원하는 수준까지 골프를 발전시켜 나가는 것이다. 골프실력을 발전시키기 위해서 시간·돈·노력을 투자할 준비가 됐다면, 그는 이미 골프경영을 시작한 '골프CEO'로 봐도 무방할 것이다.

나를 포함한 모든 골퍼들에게 "세상에서 가장 좋은 운동이 무엇이냐?"고 물으면 열에 아홉은 골프라고 할 것이다. 또 스트레스를 가장 많이 주는 스포츠가 무엇이냐고 묻는다면 열 명 모두 골프라고 답할 것이다.

그리고 골프 라운드 중 가장 스트레스를 주는 게 무엇이냐고 물으면 열에 일곱 여덟은 드라이버샷 거리라고 할 것이다. 골프 스트레스 중 최고는 장타 스트레스다. 그래도 골프를 치면서 느끼는 스트레스는 일반적으로 삶에서 느끼는 스트레스와는 차원次元이 다르다. 왜냐하면 일종의 '즐거운 스트레스'이기 때문이다. 며칠 쉬었으니 '즐거운 스트레스'를 맛보기 위해 내일 또 나는 필드를 누빌 것이다.

나도 이제 라운딩 초점을 동반자에 대한 배려配慮로 목표를 설정했다. 골프를 치며 내 인생도 한 단계 성장成長한 것을 피부로 느낀다. 내일은 버디 3개를 꼭 달성해야지!

• 골프 오계

골프를 치려면, 출가한 사람처럼 무심無心 속에서 골프를 쳐야 한다. 신라시대 원광법사가 화랑花郎 이 지켜야 했던 다섯 가지 계율戒律 인 세속5계를 얘기했듯, 골퍼에서도 반드시 알아야 할 5계가 있다.

첫째, 일취월장 一取越長 : 원 퍼트는 장타보다 낫다는 얘기.

둘째, 이구동성 二球同成 : 세컨 샷은 성공의 지름길.

셋째, 삼고초려 三高初慮 : 세 명의 고수와 붙는 초보자는 걱정이 태산.

넷째, 사고무친 四高無親 : 네 명의 고수끼리는 절대 친할 수 없지.

다섯째, 오비이락 誤飛二樂 : 오비를 내면 뽑기 한 상대방 두 명이 즐거워 해.

• 고스톱 오계

혼자 거울보고 맞고 쳐도 돈이 안 맞는다는 고스톱, 고스톱의 오계를 알아보자.

첫째, 죽마고우 : 죽치고 마주앉아 고스톱치는 우정'들은 조금 변형되지요.

둘째, 사고무친 : '포고까지 하면 친구가 없어진다'

셋째, 삼고초려 : '쓰리고를 할 때 초단을 조심하라'

넷째, 오광삼점 : '오광 들어도 삼점 밖에 못난다'

다섯째, 일취월장 : '고스톱 처음 치는 분이 판쓸이 한다'

삼고초려하는 골프초보자는 삼파전에 끼어 세 파^{par}에 시달린다고 하더군요.

그래서 그늘집에서 파전을 먹는답니다.

전(?)먹던 힘까지 내기 위해서……

'윤선달의 골프오계'에서 인용

2013 주식시장 공략 솔루션

주식투자에 관심이 많은 나는 얼마 전 2013년 주식시장에서 돈이 되는 종목을 알아보기 위해 국내에서 처음이라는 '스몰 캡' 분야의 투자 전략 지침서를 읽었다. 그 책이 바로 우리나라의 베스트 애널리스트가 국내 대기업들을 글로벌 리더로 만든 중견 기업을 집중 분석한 〈스몰 캡 업계지도 2013〉(정근해 著)이었다.

상장上場된 기업 가운데 시가총액이 작은 중소형주를 뜻하는 '스몰 캡 Small Cap'은 'Small Capital'을 줄인 말이다. 과거에는 기업의 규모를 자본금 기준으로 분류했지만, 최근에는 주로 시가총액을 기준으로 나눈다. 스몰 캡은 세계 각국의 시장규모에 따라 그 분류가 제각각인데, 우리나라에서는 대형주에 속하는 일부 기업들도 글로벌 시장 기준으로는 스몰 캡에 속하기도 한다. 따라서 스몰 캡은 여타 대형주처럼 명확하게 구분되는 게 아니라, 시장규모와 기업의 특성에 따라 유연하게 정의할 필요가 있다. 스몰 캡에 속한 기업들에는 완성품보다는 부품과 소재 및 장비 관련 사업을 영위하는 곳이 많다. 또 눈에 보이지 않는 핵심 기술력을 보유한 업체들도 상당수 있다. 그러하다 보니 대기업이 주를 이루는 완성품 제조업체들에 비해 세상에 잘 알려지지 않은 특징이 있다. 그래서 스몰 캡 기업을 두고 '흙 속의 진주'로 부르기도 한다. 탄탄한 실적과 성장 가능성을 갖고 있지만, 대기업의 그늘에 가려 세상에 제대로 알려지지 못한 채 투자자들로부터 외면 받는 기업이 참 많다. 그러나 이들 가운데는 글로벌 시장점유율 50%를 뛰어넘는 경이驚異로운 경쟁력을 갖춘 회사들도 여럿 있다.

대형주와 비교할 때 2013년 중소형주 시장을 전망해 보면, 지난 15년간 코스닥 시장을 돌아보면 쇼크 이후에는 대형주보다 중소형주가 강세를 보였다. 1997년 IMF, 2000년 IT 버블 붕괴, 2008년 리먼 사태 등 주식시장의 쇼크 이후 강세를 보인 중소형주가 최근 유로 존 사태 이후 네 번째 강세 구간에 진입할 가능성이 높다. 대형주의 실적이 부진하다는 것도 중소형주가 부각될 수 있는 요인으로 꼽힌다. 2011년을 기점으로 대형주 실적 증가 속도는 5% 이내로 떨어지고 있는 반면 중소형주의 실적 성장세는 상승하고 있다. 이처럼 중소형주의 성장세는 일본의 사례를 참고할 필요가 있다. 우리나라도 일본처럼 장기 불황이 올 가능성이 높다. 일본의 경우 장기 불황일 때 대형주들은 성장을 멈춘 반면, 중소형주는 성장세를 이어갔다.

2013년 가장 유망한 업종을 꼽는다면 몇 가지 관점에서 봐야 한다. 첫 번째로는 시야를 좀 넓혀 세계적으로 성장 가능성이 높은 시장을 주의 깊게 살펴볼 것을 권한다. 대표적인 예로 요즘 인구人口에 회자膾炙되고 있는 '셰일가스'가 있다. 셰일가스는 진흙이 굳어 형성된 암석shale 속의 가스를 말한다. 암석 내 갇혀 있어 그동안 채굴이 쉽지 않던 것을 새로운 시추법의 개발로 미국에서 본격 생산되고 있다. 연임에 성공한 오바마 대통령은 연두교서年頭教書에서 "우리에게는 앞으로 100년간 쓸 수 있는 가스가 있다"고 말하기도 했다. 지구 곳곳에 매장돼 있는 셰일가스의 양은 전 세계 인구가 무려 60여 년간 사용할 수 있는 규모다. 국내 셰일가스 수혜주로는 시추된 가스를 LNG선으로 이동시킨다는 점에서 조선부품 업체들이 지목되고 있다. 특히 LNG 운반선용 보냉재를 제조하는 업체들을 눈여겨볼 필요가 있다. 아울러 셰일가스 공정工程을 위한 플랜트 건립이 늘어날 것으로 예상됨에 따라 발전소용 보일러 부품 및 피팅 업체들도 주의 깊게 살펴볼 것을 권한다.

두 번째로 '유희遊戲의 동물'이라는 인간의 속성이 증시에서 어떻게 발현되는지 살펴볼 필요가 있다. 또 2013년 주식시장을 이끌 중요한 테마 가운데 K-POP이 있다. 엔터테인먼트주가 여기에 해당되겠다. 아울러 게임 산업도 빼놓을 수 없다. 국내 모바일 게임 콘텐츠가 미국과 일본의 게임 차트 1위에 올랐고, 중국과 동남아 등 신흥국에서도 큰 성공을 거두고 있다. 카지노와 여행 업체들의 성장세도 눈여겨봐야 할 대목이다. 특히 국내 카지노 업계는 아시아 시장에서 새로운 다크호스로 주목받고 있다. 엄청난 수요의 중국 카지노 인구가 홍콩과 마카오행에서 한국행으로 항공권을 바꾸고 있는 데 주목해야 한다. 이처럼 연예인과 게임, 카지노 등이 유희遊戲의 수단에서 투자投資의 대상으로 탈바꿈하고 있다.

세 번째로는 인류의 생존生存을 위협하는 요인들에 투자하라고 권하고 싶다. 식량과 물 부족, 전력난, 환경오염, 질병, 전쟁 등 모두 하나같이 인류의 생존을 위협하는 말들이다. 그러나 아이러니컬하게도 투자자들에게는 더없이 유망한 투자 대상이기도 하다. 식량과 물 부족, 전력난 사태는 더 이상 아프리카 대륙에 국한局限된 문제가 아니다. 이미 전 세계 각국이 식량자원 전쟁에 돌입했으며, 우리나라도 FTA 타결 이후 식량 주권을 위협받고 있다. 물과 전력난 심화 역시 마찬가지다. 이와 관련한 업종으로는 축·수산, 육가공, 비료 및 바닷물을 먹는 물로 바꾸는 해수 담수화, 지능형 전력망을 뜻하는 스마트그리드 등이 있다. 아울러 미래 의료醫療산업을 이끌 유전자 비즈니스와 분단국가分斷國家라는 운명을 업고 성장하는 방위防衛 산업도 예의銳意 주시注視할 필요가 있다고 본다.

내가 주식을 하는 이유는 돈 버는 것보다도 세상으로부터 소외疎外 받지 않기 위해서, 세상 속에서 부대끼며 함께 살아가고 있음을 확인하고픈 심리心理에서 한다. 내가 주식에 천착穿鑿하는 이유는 허황된 '대박심리'가 아니며, 적당히 자본주의의 삶 속에 젖어들고 싶은 심리에서 비롯된다.

중년의 로망은 한 폭의 그림 같은 전원주택田園住宅에서 부부가 함께 온갖 기화요초琪花瑤草도 가꾸고 텃밭도 일구면서 유유자적悠悠自適한 삶을 즐기는 것이리라. 하지만 삶의 애환哀歡이 서린 수필隨筆을 읽다말고 불현듯 떠오르는 생각은 미래를 고민할 것 없다는 것이었다. 중랑천변川邊에 작은 사무실 하나 얻어 내 업무를 도와줄 여직원 1명과 현금 좀 들고 주식을 하는 것이다. 만일 그도 여의치 않을 때는 천변에서 저 유명한 강태공姜太公처럼 낚시로 세월을 낚으면 그만 아니겠는가.

아무튼 우리나라 700만 주식인들의 대박을 충심衷心으로 기원祈願한다. 원컨대, 중요한 것은 돈만의 욕심이 아닌 현실에 동참同參하고 있다는 만족을 넘어서는 포만감飽滿感, 그리고 세상과 공감共感하며 교유交遊하고 있는 사실을 확인하고픈 욕구慾求도 있음을 알아주었으면 더 바랄 나위가 없겠다.

갑을 관계

최근 갑甲과 을乙의 문제가 걷잡을 수 없이 사회 전반으로 확산되고 있는 양상樣相이다. '갑'과 '을'이란 용어는 십간十干에 나오는 순서로 점술에서는 갑甲은 양陽에 속하고 을乙은 음陰에 속하는 상징象徵이다.

'갑을甲乙' 관계라는 단어는 계약서에서 나왔다. 계약서의 갑과 을이라는 용어는 쌍방 계약자들을 관습적으로 불러왔던 일종의 대명사代名詞다. 하지만 '갑'은 계약상 유리한 위치에, '을'은 상대적으로 불리한 위치에 있는 계약자라는 '함의含意'를 담고 있어 이것이 강한 자와 약한 자를 지칭指稱하는 또 다른 대명사로 자리 잡았다. 이 때문에 국가경쟁력강화위원회에서는 계약서에서 '갑' '을' '병'과 같은 용어를 삭제削除해 줄 것을 요청한 사례도 있었다. 실제로 이번 남양유업 사태로 현대백화점은 9일 계약서상에서 '갑'과 '을' 등 용어를 빼기로 했다는 내용을 발표하기도 했다.

하지만 갑을 관계라는 용어가 없다고 해도 힘센 자와 힘없는 자의 억압된 사회구조가 없어지는 것은 아니다. 특히 돈이 곧 권력으로 연결될 때 더욱 극단적極端的으로 변한다. 최근 남양유업 사태나 포스코에너지 임원이 대한항공 여승무원을 폭행한 이른바 '라면상무' 사건, 중견기업 회장의 호텔 지배인 폭행 등은 모두 '갑을 관계'라는 용어로 대변代辯되는 자본주의의 비뚤어진 모습이다. '평등'을 지향하는 민주주의를 바탕으로 올바른 자본주의가 실현되기 위해서는 을이 해야 할 일보다는 소위 '갑'이라 불리는 사람들이 조심해야 할 일이 더 많다.

특히 이번에 '갑을 관계'를 촉발觸發시키는 도화선導火線이 된 남양유업 직원의 막말 사건도 본사에서 정해 놓은 목표치를 달성하려다 보니 대리점 주인에게 강하게 밀어붙이는 과정에서 일어났다. 회사의 성장과 매출의 증대增大를 위해 무리한 요구가 강해지면 그 과정에서 갑과 을의 불안정한 갈등葛藤이 벌어지는 것은 불을 보듯 뻔한 일이다. 주도권主導權을 쥐고 있는 갑甲과 그 요구를 들어줄 수밖에 없는 을乙의 비정상적인 관계는 결국 파국破局으로 치달을 수밖에 없다. 빠른 성장과 매출을 올리려다 결국 비극悲劇으로 끝나게 되는 것이다.

〈논어論語〉에 보면 순리를 어기고 무리하게 빨리 가고자 하면 목표에 도달하지 못할뿐더러 큰 조직으로 성장하지 못할 것이라는 일명 '욕속부달欲速不達'이라는 구절이 있다. '빨리 하고자 하면 원하는 목표에 도달하지 못한다'는 뜻이다. 마음만 급한 나머지 무리하게 목표를 세우고 원칙과 기본을 어겨가며 그 목표에 도달하려 한다고 해서 목표가 반드시 달성되는 것이 아니다. 또 달성된다고 해도 결국 원칙을 어긴 성과는 오래 못 갈 것이 뻔하다. 또한 큰일을 하려는 조직이 조그만 이익에 눈이 팔려 그 이익을 쫓다 보면 큰 조직으로 성장하는 데 장애가 된다는 것이다. 공자의 이런 생각 뒤에는 순리에 따라 일을 처리할 것이며 눈앞에 조그만 이익에 너무 집착하지 말아야 한다는 깊은 뜻이 숨어 있다.

목표를 설정하고 그 목표에 도달하고자 하는 것은 개인과 조직의 성장에서 중요한 과정이다. 다만 목표를 무리하게 설정해 수단과 방법을 가리지 않고 그 목표를 달성하기만 하면 된다는 생각으로 무리하게 밀어붙인다면 비록 그 목표를 달성했다 하더라도 문제가 있는 목표달성일 수밖에 없다. 돌려막기식 성장이나 장부상의 짜 맞추기식 성과달성이 지속적으로 유지되기는 불가능하기 때문이다. 비록 조금 늦더라도 달성 가능한 목표치를 세우고, 윤리와 원칙을 지켜가며 거둔 성과가 진정 가치 있는 성과이며 지속적으로 유지되는 성과라고 할 수 있다.

그동안 '빨리빨리' 문화가 우리나라가 성장하는 데 큰 동력動力이 되었다는 점을 완전히 부정할 수는 없다. 그러나 기초가 없는 무리한 속도경쟁은 결국 모래 위에 쌓은 성城일뿐이다. 양적인 팽창 뒤에는 반드시 질적인 안정이 수반隨伴돼야 차곡차곡 가치 있는 성장이 될 수 있는 것이다. 대나무가 자라날 때 어느 정도 성장하면 마디節로 마감을 해주고 또다시 자라듯이, 성장은 원칙과 기본이 수반되어야 가치 있는 성장이 될 것이다.

무리하게 빨리 가려 하지 말도록 속도를 조절하고, 조그만 이익에 연연하지 않아야 한다. 왜냐하면 그것이 진정 지속적持續的인 성장을 이룰 수 있는 첩경捷徑이기 때문이다.

이러한 사회 민심의 염원念願을 담아 매일경제 MBA팀은 2013년 5월 10일자字 보도를 통해 국내외 여러 사례에서 갑이 명심銘心해야 할 7계명을 지정했다. '상대방을 배려配慮해야 한다'는 도덕 교과서 같은 이야기가 아니다. '갑'이라 불리는 사람들이 '갑질'을 하지 않아야 하는 아주 실제적이고 현실적인 이유이며, 남이 아닌 자기 자신을 위해 염두念頭에 둬야 할 항목들이다. 7계명을 아래와 같이 소개한다.

　◆ 순식간에 갑이 을되고 을이 갑 된다. 이 세상에 영원한 것은 없다는 단순한 진리가 갑을 관계에서도 통한다. 내가 지금은 대기업에 다니는 '갑'이라고 할지라도 일이 어떻게 바뀌어서 '을'이나 '병'이 될지 모른다.

　일본 창업컨설팅 회사인 비즈니스뱅크의 하마구치 다카노리 회장은 "대기업에 다니던 우수한 인재들이 자기 사업을 시작하면 실패하는 경우가 많은데 이는 소위 '갑 마인드'를 버리지 못했기 때문"이라면서 "당신의 능력이 아무리 훌륭하다고 해도 최대한 몸을 낮추고 약자, 즉 을의 입장에서 접근해야 성공할 수 있다"고 조언했다. 수많은 기업이 짧은 시간에 흥망성쇠興亡盛衰를 경험하는 작금昨今의 상황에서 지금 우위에 있는 내가 언제 허리를 굽히는 처지로 떨어질지도 모르는 일이다. 영원한 갑은 없다. 자신이 을이 되고, 병이 될 상황을 상상해라. 그러면 함부로 갑 행세를 할 수 없을 것이다.

　◆ 뛰는 갑 위에 나는 갑 있다. 갑을 관계라는 것은 갑과 을이라는 두 사람, 또는 두 개 기업의 관계에서 성립된다. 즉, 이 관계에선 내가 '갑'일지라도 다른 관계에선 내가 '을'일 수 있다. 이 단순한 사실을 사람들은 종종 잊

는다. 남양유업 사태에서도 대리점주에게 욕설을 퍼부은 영업사원은 회사 내부 구조로 들어가면 '을' 혹은 '병'이었을 것이다. 하지만 그는 이 같은 구조적인 자신의 상황을 전체적으로 파악하기보다는 그저 을인 자신이 당하는 압박과 수모를 또 다른 을에게 쏟아 부었다. 이는 결국 악순환의 구조를 낳았고, 결국 남양유업 사태가 터지자 최대 타깃은 '슈퍼 갑'인 남양유업 스스로가 됐다. 호텔 직원을 폭행한 회장님 때문에 한 회사는 아예 문을 닫게 됐다.

◆ 내 가족 누군가는 을이 될 수 있다. 감성적感性的인 접근일 수 있지만 '다른 사람의 입장에 서라Put yourself in other's shoes'는 것보다 더 와 닿는 말도 없다. 자신의 가족이 당하는 일에는 사람들은 쉽게 감정이입感情移入을 하고, 쉽게 공감共感하며, 함께 분노憤怒한다. 기사마다 빠지지 않는 '50대 가장'이라는 피해자에 대한 구체적 설명이 사람들의 감정을 자극한 점도 적지 않다. 자신이 갑이라면 여기에서 교훈을 얻어 보자. 우리 아버지, 우리 어머니, 우리 동생, 우리 형이 바로 욕설을 듣고, 폭행을 당하는 '을'이라고 말이다.

◆ 아마존도 갑 행세로 법정法廷 수모를 당했다. 어쩌면 가장 실질적으로 '갑 행세'를 하지 말아야 하는 이유다. 최근 일련의 모든 사태는 개인의 잘못에서 출발했다. 개인의 갑 행세가 세상에 알려지면서, 회사 전반의 치부恥部를 드러내게 됐고, 실제로 회사는 순식간에 어려워졌다.

상장사인 남양유업은 이번 사태로 시가총액, 1,200억 원이 증발하는 그야말로 '망연자실茫然自失'한 상황을 겪었다. 이미 남양유업의 제품 불매운동은 범국민적汎國民的으로 일어나고 있다.

외국에서도 이런 사례가 있다. 거대 공룡기업 아마존은 전자책 킨들의 액세서리 제조업체인 'M-edge'에서 받기로 한 15%의 커미션을 25%로 제멋대로 올리는 횡포를 부리다가 법정에까지 섰고, 업계 이미지에 먹칠을 했을 뿐 아니라 막대한 손해배상까지 하게 됐다.

◆ 갑보다는 을이 장기적으로 편하다. 사실 갑 행세를 하는 것이 훨씬 쉬운 것 같지만, 장기적으로 보면 을이 되는 것이 훨씬 낫다. 최근 언론을 통해 드러난 '최악의 갑' 몇몇 사례를 제외하면, 웬만한 사람은 을에게 '마음의 빚'을 진다. '을 행세'를 하는 것이 오히려 고단수라고 하는 이유다. 〈장사의 시대〉 저자인 필립 델브스 브러턴은 "모로코의 성공한 상인 마지드는 '장사를 할 때는 거지처럼 온종일 매달리고 또 매달린다'고 하지만 그 다음 날이면 잊는다"고 한 적이 있다. 최고 갑부인 모로코 상인 마지드가 스스로 을乙을 자처한 이유는 무엇일까. 그것이 자신에게 더 유리하기 때문이다. 갑이 언제 자신이 갑의 위치를 잃을지 전전긍긍戰戰兢兢하는 동안, 을은 자신의 길을 묵묵하게 가면 된다.

◆ SNS시대……. '악질 갑' 순식간에 퍼진다. 과거엔 갑의 횡포가 그들 사이에서만 회자膾炙되고 그냥 넘어가는 경우가 대부분이었다. 하지만 이제는 SNS(소셜 네트워크 서비스)의 시대다. 3년 전 통화내용 녹음파일은 SNS를 타고 순식간에 퍼져나갔다. 남양유업 제품 불매운동不買運動이 일어난 것은 불과 사태가 터진 지 하루 만이었다. 갑의 악질적 행태에도 눈물을 삼키며 참던 을도 이제는 SNS의 힘을 알기 때문에 결정적인 순간엔 무기를 쥔 '갑'이 된다. 내가 악질 갑 행세를 하면, 언젠가 을이 나의 '슈퍼 갑'이 되어 나를 몰락沒落시키고 회사를 위기危機에 빠뜨리게 할 수 있다는 점을

명심해야 한다.

◆ 우애友愛 쌓은 을이 갑의 곳간 채워준다. 갑이 갑처럼 행동하지 않는 순간의 마법을 많은 기업들은 이미 경험했다. 아직도 '납품단가 후려치기'가 성행하고 있고, 과도한 커미션 챙기기도 사라지지 않았지만, 변화는 감지感知되고 있다. 갑도 을이 없다면 갑이 아니다. 대기업이 갑이고, 협력업체가 을이라면, 을이 좋은 물건을 납품해야 갑도 당당할 수 있는 것이다. 일부 대기업에서 하도급법 집중교육에 나서고, 시험까지 보며 인사고과에 반영하는 움직임이 나오는 이유다. 특히 제조업의 경우 건강한 '을'이 없으면 '갑'의 존재 자체가 유명무실有名無實해진다. 현대·기아차와 같은 대기업에서 최근 들어 품질 문제가 계속 대두擡頭되는 것도 부품업체들에 지나친 납품단가를 요구한 데서 나왔다는 지적이 이는 것도 같은 맥락脈絡이다.

반대로 협력업체를 '을'로 대하지 않고 건전한 파트너십을 구축構築한다면 오히려 을은 갑의 생산성을 높여줄 것이다. 글로벌 화장품업체인 로레알과 이를 생산하는 국내 협력업체 코스맥스의 관계에서 그 답을 찾을 수 있다. 이들의 상생相生 관계는 양사의 매출 확대라는 결과를 낳았고, '을'인 코스맥스가 오히려 '갑'인 로레알의 미국 공장을 인수引受하기까지 하는 이변異變을 낳았다.

스트레스론(論)

스트레스를 가리켜 '만병의 근원'이라고 한다. 사람마다 고민 없는 사람이 없고, 문제없는 사람도 없다. 그러나 이런 문제를 앞에 두고 우리가 어떻게 생각하느냐에 따라 인생의 방향이 달라진다고 생각한다. 어느 작가가 '쓸데없는 걱정'이라는 글에서 다음과 같이 분석한 것을 본 적이 있다.

"절대로 발생하지 않는 사건에 대한 걱정이 40%, 이미 일어난 사건에 대한 걱정이 30%, 별로 신경 쓸 일이 아닌 작은 것에 대한 걱정이 22%, 우리가 어떻게 바꿀 수 없는 사건에 대한 걱정이 4%, 우리들이 해결해야 할 진짜 사건에 대한 걱정이 4%이다."

이 분석을 보면 우리들을 괴롭히는 걱정의 96%는 쓸데없는 걱정이라는 결론에 도달한다. 일반적으로 사람들은 걱정이 있으면 웃지 못하고, 이로 인해 스트레스는 점점 더 깊어진다. 그러므로 위트와 함께 유머 감각을 계발啓發해야 하는데, 이는 근본적인 '발상發想의 전환轉換'을 의미한다.

사실 스트레스는 그것에서 벗어나고자 하는 발상 자체가 아이러니

Irony 로 느껴질 만큼, 우리와 떼려야 뗄 수 없는 불가분의 관계에 있다. 따지고 보면 24시간 살아 움직이며 숨 쉬는 모든 것이 다 스트레스라고 할 수 있다.

여기에 우리나라 사람들만이 갖고 있는 특유의 조급함도 스트레스에 한몫을 하고 있다. 우리나라는 유사有史 이래 거의 천 번에 가까운 외적의 침략을 겪었다. 의식주가 해결되면 그 다음에 요구되는 것이 안정에 대한 욕구인데 우리의 집단 무의식 속에서는 아직도 그 문제가 해결되지 않은 느낌이 있다. 우리가 일상생활에서 가장 많이 쓰는 '빨리빨리'가 그렇고, '돼지 꼬리 잡고 순대 내 놓으라고 한다'거나 '우물에서 숭늉 찾는다'와 같은 속담도 중간 프로세스Process 를 생략하고 오로지 '결과 지상주의'만을 부르짖는 대표적 사례라고 할 수 있다. 그래서 우리가 더 불안 초조하고 조급할 수밖에 없는지도 모르겠다.

스트레스 역시 다른 모든 문제와 마찬가지로 마음먹기에 달려 있다는 것 외에는 유감스럽게도 특별한 처방은 없다. 왜냐하면 마음먹기에 따라 같은 스트레스라도 그 크기와 압력이 달라지기 때문이다.

그러나 스트레스를 조금이라도 줄이는 방법은 있다.

그리스의 철학자 에픽테투스는 "우리는 힘든 일 때문에 힘들어하는 것이 아니라 그 일을 힘들다고 여기는 생각 때문에 힘들어 한다."고 말했다. 따라서 스트레스를 일으키는 외적 상황을 바꿀 수 없다면, 그 일에 대한 나의 생각과 지각을 바꾸는 수밖에 없다. 그것이 스트레스를 조금이라도 줄이는 가장 현명한 방법이다. 그것을 바꾸는 방법으로는 다음과 같은 몇 가지가 있다.

스트레스가 없는 삶은 불가능하다. 그러므로 스트레스는 마치 공기처럼 우리 삶과 같이하는 필수불가결한 존재라는 것을 자연스럽게 받아들여야 한다. 그러나 공기 중의 산소처럼 너무 많지도, 또는 너무 적지도 않게 적절한 균형을 이루도록 노력해야 한다.

또 스트레스도 때로는 힘이 된다는 사실을 아는 것이 중요하다. 실수나 실패는 우리 인생에서 그림자와도 같다. 그림자 없는 사람이 없듯이, 실수나 실패가 없는 사람은 이 세상에 존재하지 않는다. 그러므로 '나는 절대 실수하지 말아야지' 하는 강박관념強迫觀念에 사로잡힌 완벽주의를 버려야 한다. 오히려 위기가 닥쳐 봐야만 자신이 어떤 힘을 갖고 있는지 비로소 알게 된다. 시련試鍊은 우리를 힘들게도 하지만, 자신의 진짜 힘을 알게 해주는 좋은 기회가 되기도 한다는 것을 명심해야 할 것이다.

스트레스가 없는 생활이란 존재하지 않는다. 이는 마치 아주 깨끗한 물에서는 물고기가 살지 못하는 것과 같은 이치라고 할 수 있다. 심리학자 고든 올포트는 "인간은 모험에 의해서만 성장한다"고 말했다.

그러므로 우리를 힘들게 하는 스트레스 역시 자신을 단련시키는 좋은 기회라는 '사고思考의 전환'이 필요하다. 체력을 키울 때 근육량을 늘리는 것도 중요하지만 근육의 힘을 키우는 것이 더 중요하다고 한다. 그것은 바로 같은 동작을 참고 견디는 시간에서 생겨나기 때문이다. 그러므로 지금 스트레스로 힘든 순간을 참아내고 '내 마음의 힘이 커지는 순간'이라고 생각하는 것이 스트레스를 이기는 첩경捷徑이다.

또한 '모든 사람과 잘 지내야 한다'는 강박관념을 버리는 것도 중요하다. 세상을 살면서 모든 인간관계에서 다 성공할 수는 없는 노릇이다. 그것을 바란다는 것 자체가 스트레스가 되어 우리를 힘들게 하기 때문이다. 그러므로 어쩌다 대인관계에 실패하는 때가 있더라도 지나치게 마음을 쓰지 않도록 하는 것이 좋다. 위축되기보다는 툭툭 털어버리고 언제 그랬느냐는 듯이 새롭게 시작하는 쪽이 백번 낫지 않겠는가.

우리가 인생을 살아가면서 늘 근엄하고 엄숙하게 살아갈 필요는 없다. 때로는 동심의 세계로 돌아가 어린아이처럼 장난도 치고 마음껏 웃어야 건강에 좋다. 유치한 것 같지만 때로는 이런 '일탈逸脫'이 스트레스 해소에 분명 도움이 된다. 재미있는 코미디 영화를 보면서 큰소리로 박장대소拍掌大笑 하는 것도 크게 도움이 된다. 이와는 반대로 슬픈 영화를 보고 소리 내어 엉엉 울어보는 것도 정신적 카타르시스에 좋다. 꼭 영화가 아니라 독서나 TV 시청도 효과는 마찬가지라고 하겠다.

그리고 기왕에 웃을 때는 마음껏 웃는 자세가 요구된다. 이상하게도 우리나라 사람들은 웃는 일에 인색한 사람들이 대부분이다. 다른 것은 몰라도 웃는 일에 인색할 필요는 없다고 본다. 마음 놓고 웃을 줄 아는 것도 삶의 여유라고 할 수 있다. 웃는 것은 스트레스 해소뿐만 아니라 다이어트에도 도움이 된다는 연구 보고도 있다. 순발력 있는 유머감각을 가진 사람은 웬만한 일에 스트레스를 받지 않는다는 사실은 많은 것을 시사示唆하고 있다.

스트레스를 받으면 과식하거나 반대로 아무것도 안 먹는 사람들이 있는데, 그럴 때일수록 영양가 있는 음식을 알맞게 챙겨먹는 습관을 들이는 것이 좋다. 여기에 더해 섬유소와 미네랄이 풍부한 과일과

야채를 많이 섭취하고, 고기나 지방이 많이 포함된 음식은 먹지 않도록 노력한다.

잠을 잘 자기 위해서는 기상하는 시간과 잠자는 시간을 일정하게 유지하도록 노력해야 한다. 자기 전에 따뜻한 우유 한 잔을 마시거나 따뜻한 물로 샤워하는 것은 숙면熟眠에 많은 도움이 된다.

한편, 자기 고통을 좀체 남에게 드러내지 않는 사람들이 많다. 그러면서 내심 아무도 자기 괴로움을 알아주지 않는다고 화를 낸다. 이것은 문제를 해결하는 가장 나쁜 방식으로, 좌절과 괴로움으로 견디기 어려울 때는 그런 감정을 믿을 만한 사람에게 속 시원히 털어놓고 도움을 청하는 것이 좋다.

이미 흘러간 물로는 물레방아를 돌릴 수 없다. 그러므로 지나간 과거의 일 또는 일단 내린 선택에 대한 불안이나 집착만큼 무의미한 것도 없다. 아직 오지 않은 미래에 대한 불안도 마찬가지다. 앞으로 상황이 어떻게 전개될 지도 모르는데 어째서 아직 일어나지도 않은 일로 인해 불안에 떨어야 하는가. 지금 이 시점만이 나에게 가장 중요한 것이다.

열등감劣等感이 때로는 성취동기를 부여하고 슬픔도 때로는 힘이 되듯이, 적당한 스트레스 역시 생활에 활력소가 되는 것은 분명하다. 이런 마음가짐으로 스트레스를 오히려 '동반자同伴者적인 관계'로 격상格上시키면 어떨까 하는 것이 나의 생각이다. 마치 '피할 수 없으면 즐겨라'고 하는 말처럼…….

인간만사 새옹지마(塞翁之馬)

우리는 세상을 살아가면서 흔히 '인간만사 새옹지마 塞翁之馬'라는 말을 쓰고 있다. 이 말의 뜻은 '인생의 길흉화복 吉凶禍福 이 무상 無常 하여 예측할 수 없음'을 가리키며, 전화위복 轉禍爲福 과도 같은 의미이다.

인간이 제아무리 만물의 영장 靈長 이라고는 하나, 아직도 능력에는 한계가 부지기수로 많다. 아폴로 우주선이 달을 정복해 인간의 발자국을 남기고 지구로 귀환한지도 벌써 44년이나 되었고, 화성에 패스파인더호 등 무인 탐사선을 보내 불원간 不遠間 인간이 살 수 있도록 연구와 탐사활동을 하고 있으며 토성에도 보이저호가 활발한 활동을 펼치고 있다. 하지만 우주 宇宙 의 신비를 알아내는 데는 빙산의 일각, 아니 구우일모 九牛一毛 에도 미치지 못하는 실정이다.

인간의 한계를 드러내는 일이 어디 이뿐이랴. 고도로 발달한 현대의 첨단 의학 기술로도 아직 요원 遙遠 한 암 癌 과 같은 불치병은 얼마나 또 얼마나 많은가?

인간은 한 치 앞도 내다 볼 수 없다고 해도 과언이 아니다. 그래서 산다는 것도 어떻게 보면 칠흑漆黑 같은 밤중에 그 무언가 찾기 위해 더듬거리는 것과 다를 바가 없다. 따라서 우리는 눈앞에 전개되는 길흉화복吉凶禍福에 대해 변화무쌍變化無雙하다는 표현만 할 수 있을 뿐, 어느 하나도 제대로 예측하기란 말이 쉽지 거의 불가능한 일이다.

그러다 보니 복이 화가 되기도 하고, 반대로 화가 복이 되기도 한다. 그러므로 길흉화복에 일희일비一喜一悲 할 필요가 없다는 생각이 드는 것이다. 그저 우보만리牛步萬里와 같이 묵묵히 뚜벅뚜벅 걷고, 호시우행虎視牛行 같이 날카롭고 신중하게 '진인사대천명盡人事待天命'의 자세로 열심히 살아가는 것 뿐 다른 방법이 없지 싶다.

이 고사성어故事成語의 유래는 옛날 중국에서 있었던 이야기로, '회남자淮南子 인간훈人間訓'에 나오는 이야기다.

오랑캐와 접해 있는 어느 국경 마을에 늙은이 하나가 살고 있었다. 하루는 자기가 기르던 말 한 마리가 사라진 것을 알았다. 무리를 이탈하여 그만 오랑캐 나라로 도망친 것이었다.

이 사실을 들은 주위 사람들은 안타깝다는 듯이 위로 했지만, 그 노인은 의외로 태연자약泰然自若 했다.

"천만에, 누가 압니까? 이 때문에 좋은 일이 있을지……."

과연 몇 달이 지나자 이상한 일이 벌어졌다. 지난 번 달아났던 말이 이번에는 준마駿馬 한 필匹을 데리고 왔기 때문이다. 그러자 이번에는 동네 사람들이 우루루 몰려와서는 다들 '축하한다'고 야단들이었다.

하지만 이번에도 노인은 똑 같은 말만 반복할 뿐 도무지 쓰다달다 반응이 없었다.

"그야 모를 일이지요. 이번 일로 무슨 재앙 災殃 이 닥칠는지……."

그 노인의 말은 이번에도 딱 맞아떨어졌다. 어느 날 아들이 그만 잘못하여 그 준마에서 떨어져 다리를 부러뜨렸던 것이다. 동네 사람들이 이번에는 위로의 말을 해 왔지만, 그 노인의 태도는 전과 하나도 다름이 없었다.

이러다가 1년이 지났는데 오랑캐가 갑자기 군사를 일으켜 쳐들어왔다. 이 때문에 몸이 성한 청년들은 모두 징집 徵集 되어 전쟁터로 끌려 나가 수많은 젊은이들이 전사했지만, 노인의 아들은 다리가 부러진 덕분에 징집을 면할 수 있었다.

사실 이 이야기가 주는 메시지는 '전화위복 轉禍爲福 '의 뜻이 더 강하다. '인간사 人間事 란 다 그런 것이려니…….' 하고 체념 諦念 ·달관 達觀 의 경지에서 인내하다 보면 뜻밖의 좋은 결과가 나오기도 한다는 것이다.

그러나 우리가 흔히 사용하는 '새옹지마'는 오히려 그 반대 개념이다. 나는 새도 떨어뜨릴 만큼 당당했던 세도가 勢道家 의 위세 威勢 나 부귀영화가 하루아침에 몰락했을 때 주로 쓴다. 그래서 '인간만사 새옹지마'라고 했다.

한동안 정치인들의 부침 浮沈 이 매스컴에 오르내리더니, 요즘은 심각한 불경기로 인해 경제인들이 아우성이다. 특히 부동산 경기 침체로 말미암아 대기업들이 부도 不渡 를 내고 하루아침에 도산 倒産 하는 바람에 국민경제가 휘청거리고 있다. 더구나 '하우스 푸어'를 필두 筆頭 로 '렌트 푸어'와 같은 신조어 新造語 가 등장함에 따라 서민들의 시름도 깊어지고 있어 '새옹지마'라는 말이 더 생각나는 때인 것 같다.

유언장과 묘비명

인생이란 무엇인가? 어디에서 왔다가 어디로 가는가?

인생무상 人生無常 이다, 일장춘몽 一場春夢 이다, 빈손으로 왔다가 빈손으로 가는 것 空手來 空手去 이라고 나름대로 정의한 말들은 많지만, 딱히 정답은 없는 것 같다. 인생이야말로 일체유심조 一切唯心造 : 모든 것은 오로지 마음이 지어내는 것이라는 의미의 불교 용어 가 아니겠는가. 요즈음의 생로병사 生老病死 에 관한 트렌드는 '웰빙 Wellbeing'에서 '웰다잉 Well-dying'으로 옮겨가는 느낌이다. 우리나라가 고령화 사회로 접어들면서 준비된 죽음에 대한 관심이 요즘 들어 부쩍 높아졌다.

우리나라의 베이비부머는 나를 포함해 약 715만 명으로, 전체 인구의 15% 수준에 이르고 있다. 이들은 이미 정년을 맞이했거나 곧 앞두고 있어 인생 2막과 더불어 아름다운 마무리에 대한 관심도 많다. 특히 가족들에게 짐이 되지 않도록 건강할 때 스스로의 죽음에 관해 고민하고, 유언장 작성과 장례 또는 묘지 준비와 묘비명 墓碑銘 에도 관심을 기울이는 사람이 많다. 나 역시 유언장 작성과 생의 마지막을 장식하는 묘비명에 관심이 많아 내 생각을 정리해 보고, 또 위트와 유머가 살아 숨 쉬는 세계 유명 인사들의 묘비명을 정리해 보았다.

대부분의 사람들은 무언가 중요한 일의 결정적인 순간에 임박해서야 자신은 그 순간을 대비하기 위한 아무런 준비가 되어 있지 않았음을 종종 깨닫게 된다. 죽음 또한 그렇다. 지금 40代이건 70代이건 관계없이 누구에게나 언젠가는 인생의 마지막 날은 반드시 찾아온다. 그러므로 언젠가 다가올 죽음을 눈앞에 두고 허둥대며 유언장을 쓰기보다는, 아직 인생에 여유가 있을 때 미리 유언장을 써 보는 것은 매우 다행이라 할 수 있겠다.

유언장은 흔히들 다른 사람들에게 남기는 메시지로만 생각하지만 또 다른 의미가 숨어 있다. 유언장 작성 과정이 자기 자신과 나누는 대화로, 앞으로 남은 인생을 과연 어떻게 살아야 하는가를 정리하는 데에도 의의가 있다. 즉, 자신의 사후를 위해서라기보다 자신이 앞으로 살아가기 위해서도 꼭 필요한 것이다. 유언장을 쓰면 앞으로 남은 인생을 더욱 알차게 보낼 수 있다. 앞으로 살아갈 인생을 위해 현재의 삶을 재평가하고, 앞으로 귀중한 시간을 어떻게 보내며 살 것인지를 결정하여 한 점의 낭비나 부끄럼 없이 인생을 열심히 살아갈 수 있기 때문이다.

우리는 유언장 작성을 통하여 지금까지 형성되어 온 자신의 가치 관과 인간관계를 재평가하게 된다. 즉, 나에게 가장 중요한 일은 무엇이고 우선순위는 어떻게 되는지, 지금까지의 인간관계는 어떠했는지, 소중한 사람은 누구인지, 내가 신세 진 사람들은 누구인지 등을 생각해 볼 수 있다.

또한, 지금까지 형성된 재산들을 어떻게 지키고 사용하고 분배할 것이냐를 미리 생각해 볼 수 있다. 결국은 쓰고 남거나 남을 것으로 예상되는 재산들을 누구에게 물려주느냐를 결정짓는 것이지만, 그러한 의사결정에 이르는 과정에는 다양한 의미의 자신의 가치관 재정립이 요구된다. 이러한 가치관의 정립과 계승을 통하여 비로소 자신이 어렵게 형성한 부^富가 후세들에게 안정적으로 이전되는 것이다.

묘비명은 생에 대한 성찰로 다음 세대에 대한 길잡이가 되기도 한다. 미리 써 보는 묘비명은 '어떻게 죽을 것인가'를 생각하기보다는 '어떻게 살 것인가'를 생각하게 하는 깊은 자아성찰의 계기가 될 것이라고 본다.

시인 조병화는 "나는 어머님의 심부름으로 이 세상에 왔다가 어머님의 심부름을 다 마치고 어머님께 돌아왔습니다."

일본의 유명한 선승^{禪僧} 중에 '모리야 센얀'이란 이가 있었다는데 그는 묘비명에 이렇게 새겼다.

"내가 죽으면 술통 밑에 묻어 줘. 운이 좋으면 밑둥이 샐지도 모르니까~"

또 영국의 극작가 버나드 쇼는,

"내 우물쭈물하다가 이렇게 될 줄 알았다!"

긍정적인 삶을 살다 간 철학자 칸트의 묘비명은 "이만하면 됐다."

'적과 흑'의 작가 스탕달은 "살고, 쓰고, 사랑했다."

천상병 시인은 "나 하늘로 돌아가리라. 아름다운 이 세상 소풍 끝나는 날, 나 가서 아름다웠다고 말하리라"

영국의 처칠 수상은 "나는 창조주께 돌아갈 준비가 됐다. 창조주께서 날 만나는 고역을 치를 준비가 됐는지는 내 알 바 아니다!"

마더 데레사 수녀는 "인생이란 낯선 여인숙에서의 하루와 같다."

'노인과 바다'로 유명한 어네스트 헤밍웨이는 "일어나지 못해서 미안하네!"

또 하나 재미있는 것은, '걸레스님'으로 유명했던 중광重光 스님은 "에이, 괜히 왔다"라고 썼다는데 그만큼 허무했다는 얘기가 아니겠는가.

예언가 노스트라다무스는 "후세 사람들이여, 나의 휴식을 방해하지 마시오!"

우리가 잘 아는 유명한 이들은 아니지만, '미셸 트루니에'라는 이는 "내 그를 찬양했더니 그대는 그보다 백배나 많은 것을 내게 갚아주었다. 고맙다, 나의 인생이여!" 라고 적었다.

아, 나도 빨리 "내 우물쭈물하다가 이렇게 될 줄 알았다!"고 하지 말고, 유언장과 묘비명을 서둘러 작성해 둬야겠다!

그러나 유언장과 묘비명을 작성하는 것은 생각과는 달리 나의 게으름으로 인해 매번 실패한다. 하지만 죽음에 관해 내가 분명하게 생각하는 것은 2가지가 있다. 내가 죽고 난 다음 한 줌의 재는 젊은 시절 낭만浪漫에 젖어 자주 찾았던 풍광風光 좋은 선유도의 바닷물에 뿌리게 할 것이다. 왜냐하면 죽은 것도 억울한데 가만히 누워 있기가 싫기도 하고, 파도의 흐름에 박자를 맞추는 이승에서의 마지막 퍼포먼스가 멋있을 것 같아서이다.

그리고 내가 죽은 후 3일 동안만 귀를 열어놓게 해 주시길 신께 소망한다. 문상객問喪客들이 고인故人이 된 나를 누가 험담險談하는지, 아니면 괜찮은 친구로 생각하는지 꼭 한번 확인(?)하고 싶다. 나에게 좋은 덕담德談을 해 주는 문상객이 80% 이상이길 기대하는 것은 무리일까?

2

기억의
편린
(片鱗)을
찾아서

아버지, 죄송합니다!

　나의 아버지는 황해도 해주 유지의 장손長孫으로 태어나셨다. 이북에 부인과 3형제를 두신 아버지는 민족의 비극인 6.25동란 발발勃發 3일 전 월남하셔서 결과적으로 이북 식구들과는 영원한 이별을 하신 셈이 되었다.

　이북에 남겨진 식구들에게 "3일 후 정도 있으면 남한에 새 집을 마련하고 데리러 오겠다"고 하신 아버지는 전쟁 통에 그 약속을 지키지 못하셨다. 아버지는 그것이 평생 한恨이 되어 홀로 북에 남겨둔 식솔食率들을 그리워한 나머지 소주로 시름을 달래시며 80평생을 보내신 분이다.

　아버지는 한동안 그렇게 홀로 지내시다가 경기도 포천에서 농사를 지으시던 어머니와 뒤늦게 가정을 꾸려 3남매를 낳으셨고, 나는 그 중의 막내로 태어났다.

　사각모를 쓴 대학생이 지나가면 농부들이 밭에서 김을 매다 말고 일어나 한참을 구경했던 그 시절에, 배움이 깊었던 아버지는 모某

대학교 교수로 임용되셨다. 평소 신의信義에 투철透徹하셨던 아버지는 알고 지내던 이북 출신의 후배를 아버지가 근무하시던 대학 경리과에 직원으로 취직을 시키셨다. 그러나 그 후배는 은혜를 갚기는커녕 입사 1년 만에 공금횡령公金橫領을 저질렀고, 아버지는 이에 도의적인 책임을 지고 사표를 제출하셨다.

그 후 아버지는 청계천에 있던 '오복사' 관리자로 일하시며 어머니와 만나 가정을 꾸리시고 우리 3남매를 낳으셨던 것이다. 워낙 늦게 하신 결혼이라 아버지와 막내인 나의 나이차는 무려 40살에 달한다.

그 당시 우리 집은 서울 동대문구 창신동 낙산 삼일아파트 4층 1호였다. 그 시절이 대부분 그러했듯이 우리 집도 그렇게 부유하다고는 할 수 없었으나, 아버지는 오로지 식솔들을 배불리 먹게 하시느라 노심초사勞心焦思하시며 업무에 전념專念하셨다.

그러나 아버지는 이북에 두고 온 식구들에 대한 사무치는 그리움을 이기지 못하시고, 일주일이면 일주일 모두 독한 술로 시름을 달래시기에 바쁘셨다. 그때는 내가 창신국민학교 회장으로 활동했을 당시였던 것으로 기억한다. 직장에서 퇴근하신 후 거의 매일 술을 드신 아버지는 창신초등학교 정문 앞에서 쓰러져 주무시곤 했다. 술에 취한 아버지를 어머니와 나, 형, 누나, 그리고 가끔은 경찰 아저씨가 거의 매일 아버지를 업고 창신동 고개를 숨 가쁘게 넘어 집으로 모시고 오던 어린 시절이 주마등走馬燈처럼 뇌리腦裏를 스쳐 지나간다.

한때 우리 집 가정형편이 넉넉지 않을 때 식사 중 어린 마음에 아버지께 한마디 말씀드린 적이 있다.

"아버지는 남자로 태어나서 큰 사업을 하겠다는 야망도 없으세요?

후배 회사에서 부하직원 밖에 할 수 없나요? 자식들을 위해 큰 사업을 하셔야죠!”

나는 아버지께 이 말씀 드린 것을 두고두고 후회한다. 그 당시는 어린 마음에 아버지의 깊은 고뇌苦惱를 짐작조차 못해 그랬지만, 내가 당시의 아버지 연세와 비슷한 지금은 그때 아버지의 심정을 이해하고도 남는다. 아, 나는 아버지의 깊은 상처를 어루만지고 위로해 드리지는 못할망정, 가슴에 날카로운 비수匕首를 꽂은 천하의 불효자다!

작가 박범신은 아버지를 주제로 다룬 그의 최신작 〈소금〉의 ‘아버지’라는 존재存在에 대해 이렇게 말했다.

“내가 히말라야에 많이 가는데 히말라야에 가면 노새들이 양쪽에 짐을 싣고 가파른 산길을 평생 오고 가요. 노새들의 등을 보면 다 헤져가고 상처투성이예요. 내가 산비탈에서 노새를 보며 뜨겁게 운 적이 있어요. 우리 어머니, 아버지가 히말라야의 노새였더라…… 평생 짐만 져 나르던. 이 소설의 아버지도 그런 사람이라고 할 수 있지요. 젊은 사람들이 생각할 때 아버지는 소통疏通도 잘 안되고 고집불통固執不通인지는 모르겠지만 사실 우리는 어쩌면 아버지들에게 평생 히말라야의 노새처럼 짐을 지우고 살아왔던 것은 아닐까. 우리 아버지도 마찬가지죠. 돌아가실 때까지 자식들을 위해서 쉼 없이 일해야 했고, 당신의 첫 사랑도 꿈도 다 버렸다고. 이 소설에서 제 아버지의 이야기가 직접 등장하진 않지만 소설을 쓰는 내내 아버지가 제 가슴에 있었습니다. 그리고 왜 젊을 때 아버지를 바로 이해하지 못했을까 이런 회한悔恨이 많더라고요. 그런 회한이 가득해서 소설을 쓰는 내내 마음이 아팠습니다. 몇 번 눈시울을 붉히기도 했지요.”

북에 있는 식솔에 대한 상념想念을 이길 수 있는 유일한 탈출구로 독한 소주에 의지하신 아버지!

　가끔 만취상태에서 당신의 아픔을 장남인 형에게는 토로吐露하셨으나, 막내인 나에게는 돌아가실 때까지 북에 있는 식구에 대한 애타는 연민憐憫의 심정을 한 번도 말씀하지 않으셨다. 당시 아버지의 유일한 행복은 엄마가 끓여주시는 개장국이었다. 땀을 뻘뻘 흘리시며 드시던 아버지의 그윽한 표정이 지금도 기억에 생생하다. 그러나 내가 개띠여서인지 개고기를 보면 밥을 못 먹어서 아버지와 겸상兼床을 하지 못하고 따로 먹었다.

　아버지, 죄송합니다!

　비록 만시지탄晚時之歎의 감은 있으나 논어論語에 나오는 공자의 말씀으로 아버지에 대한 나의 사무친 심정을 대신하고자 한다.

　樹欲靜而風不止 子欲孝而親不待

　"나무는 가만히 있으려 하나 바람이 그치지 않고, 자식은 효도하려 하나 부모가 기다려 주지 않는다."

어머니의 꽃고무신과 호박엿

　초등학생 시절의 추억을 생생하게 떠올리게 하는 외침 – 한밤의 적막寂寞을 깨는 정감 나는 아저씨 특유의 구성진 목소리가 동네 골목 구석구석에 울려 퍼진다.

　"메밀묵 사려~ 찹쌀 떠억!"

　아주 특이한 톤으로 외치는 아저씨의 목소리가 더없이 정겨웠다. 그것은 '오늘은 어떤 떡을 가져 오셨을까?' 하는 내 기대감으로 인해 더 빛을 발했다. 아저씨는 판매 주종인 메밀묵과 찹쌀떡 외에도 아이스케키, 각종 엿도 팔았다. 나는 우리 집 대문을 열어놓고 모아둔 각종 폐지와 빈 병, 잡지 등을 쌓아놓고 아저씨 목소리를 하염없이 기다리다 잠이 들 때도 있었다. 아저씨가 오는 시각이 평소보다 늦으면 나는 "엄마, 아저씨 아프신가 봐." 하고 지쳐서 엄마 얼굴을 쳐다보며 말하곤 했다. 그러면 엄마는 "오늘은 메밀묵 아니면 안 돼" 하신다. 그러면 나도 안 되는 줄 알면서 짐짓 앙탈을 부려본다.

　"싫어요. 아이스케키로 바꿀 거예요!"

　나는 자못 심각한 어조로 강하게 말씀드려 보지만 엄마는 언제나 허락지 않으셨다. 왜냐하면 메밀묵이 엄마의 고정메뉴였기 때문이다. 나는 늘 기껏해야 엄지손가락만한 엿가락 한 개 얻어먹는 것이 고작이었고, 그게 막내인 나의 '포지션'의 한계였다. 엿가락도 노란 엿가락이 먹고 싶었는데 그것은 나중에 알고 보니 비중(?)있는 '울릉도 호박엿'이었다.

아저씨는 나에게 점잖게 한마디 하신다.

"애야, 그 엿은 다른 것은 안 되고, 고무신하고 바꿔야 된다!"

"알았습니다!"

엄마는 총 3개의 고무신을 갖고 계셨다. 곗날, 결혼식 등 행사 때 신으시던 것으로 고상한 무늬가 새겨진 품위 있는 꽃신과 시장 갈 때 신으시던 것, 집안에 계실 때 신으시던 것이 그것이다.

맛있게 보이는 울릉도 호박엿에 꽂혀 정신이 혼미昏迷할 지경이 된 나는 고무신 3켤레를 비닐봉지에 담아 아저씨 오기만을 기다렸다. 울릉도 호박엿이 눈앞에 어른거려 통 잠을 못 이루던 어느 날, 드디어 아저씨가 오셨다. 얼마나 반가웠던지 지금 생각해보니 '아, 이산가족離散家族이 상봉相逢할 때의 감정이 이런 거로구나!' 하는 느낌이 들 정도였다.

이미 치밀한 사전 각본 아래 '사고 칠' 만반의 준비를 갖춘 나는 솔직히 속으론 떨렸지만 덤덤한 표정으로 목소리를 낮게 깔고 아저씨에게 말했다.

"이 중에서 1개만 가져가세요!"

마음 속 깊은 곳에서 '어머니가 가장 아끼는 외출하실 때 신으시는 꽃신은 안 되는데…….' 기도하는 순간, 아저씨의 뭔가 결심한 듯한 목소리가 내 귓전을 울렸다.

"꼬마야, 이건 반 가락이고 이건 4가락 줄게!"

그 순간 마치 '세계 7대 난제 難題'를 해결한 수학자처럼 전광석화 電光石火 와 같이 움직인 나의 두뇌는 한 치의 주저함도 허락하지 않았다.

"4가락 주세요!"

자신 있게 외치고 나서 의기양양한 점령군처럼 먹는 울릉도 호박엿은 정말이지 너무도 맛있었다. 하도 맛있어서 눈물을 흘리며 게눈 감추듯 해치웠다. 입안 가득히 엿가락을 베어 물며 단맛을 만끽할 때는 몰랐는데, 다 먹고 나니 '내일은 어찌해야 하나?' 하는 공포가 엄습 掩襲 해 좌불안석 坐不安席 에 전전반측 輾轉反側 이으로 몸을 뒤척이다 잠도 거의 못 잤다. 다음날은 마침 공교롭게도 엄마의 곗날이었고, 동대문에 있는 '진고개'에서 계모임이 있던 날이었다.

"막내야, 너 엄마 외출용 꽃신 못 봤니?"

그 순간 전혀 준비도 하지 않았던 나의 대답이 입술을 타고 흘러 나왔다.

"엄마, 그 고무신 안 보이던데요. 홍태 형네 불독이 아까 우리 집에 와서 뭘 물고 후다닥 가던데……." 엄마는 작은 삼촌 집에 가서서 애꿎은 삼촌한테 한바탕 하시고 새 꽃신을 사셔서 계모임에 가셨다.

그날 이후 나의 초등학교 졸업식 때였다. 나는 졸업식을 핑계거리로 삼아, 엄마를 기망 欺罔 한 잘못에 대한 면죄부 免罪符 라도 받을 요량으로 엄마에게 말씀드렸다.

"엄마, 그때 고무신 내가 엿 바꿔 먹었어!"

엄마가 말씀하셨다.

"엄마는 알고 있었어. 홍태 삼촌 막걸리 받아줬단다."

평소 눈물이 많은 나는 중학교 입학식 날 소리 없이 눈물을 흘렸다. 자식이 한 짓을 다 알고 계셨으면서도 야단치면 혹여 내가 마음에 상처라도 입을까 우려하셔서, 아니 나를 끔찍이 사랑하신 나머지 그냥 덮어두시기로 한 엄마의 푸근한 마음을 알고 난 후회와 감사하는 감정이 뒤범벅이 된 눈물이었다.

나는 지금 평화로이 안산 생활을 영위하고 있다. 얼마 전부터인가는 밤중에 옛날 그 시절을 떠올리게 하는 메밀묵 아저씨의 구수한 목소리를 자주 접한다.

"메밀묵 사려~ 찹쌀 떠억!"

"엄마, 사랑해요. 잘 할게요. 돈 많이 벌어서 엄마가 좋아하시던 것 다 갖다 드릴게요. 꽃신 멋진 거 하구요!"

어머니!
어머니
어머ㄴ
어머
어ㅁ
어
ㅇ
!

〈어머니〉 김대규

외갓집의 추억

나는 황해도 해주 출신이신 아버지와 경기도 포천 무림리 태생인 어머니 사이에서 2남 1녀 중의 막내로 태어났다.

그 옛날 내가 초등학생 때는 외갓집이 있는 포천 무림리로 가서 살다시피 했다. 방학식 날 가서 개학 날 집으로 돌아올 정도로……. 겨울이면 논바닥에서 시골 사촌형제들은 썰매를 타고, 나는 스케이트를 갖은 폼 잡고 타느라 여념이 없었다.

이런 나를 부러운 눈으로 바라보며 사촌들은 삼촌에게 스케이트를 사 달라고 생떼를 쓰며 졸랐고, 나는 이 사태(?)의 책임을 지고 삼촌들에 의해 쫓겨나곤 했다.

지금 생각해 보면 사촌들이 자전거 탈 때 나는 자가용을 탄 격이라고나 할까? 그러나 그때는 어렸을 때라 내가 폼 잡고 스케이트를 타는 것이 사촌형제들에게 미안하다거나 하는 생각은 전혀 없었고, 오히려 신나고 환상적인 묘한 야릇한 감정이 나의 온 신경을 지배하고 있었다.

어렸을 때 마음껏 뛰어놀던 그 시절이 주마등 走馬燈 처럼 뇌리를 스치며 지나간다. 아 그립구나, 옛날의 그 순수한 동심의 세계여!

　지금도 나는 유일무이唯一無二한 친척인 외갓집에 인사드리러 자주 간다. 민족 고유의 명절인 설날과 추석은 물론이려니와, 경조사慶弔事가 있을 때마다 특별한 일이 발생하기 전에는 거의 빠짐없이 참석하는 편이다.
　특히 조상의 산소를 모신 선영先塋이어서 더욱 그러하다.
　많은 산소를 지나칠 때마다 한 분 한 분과의 인연의 끈을 생각하며 회상에 잠긴다.
　'저 삼촌은 참 좋은 분이셨는데…….'
　어느덧 그 삼촌 앞에 서서 아이의 감성이 되어 대화를 시작하는 나를 발견한다.
　"세상사 결국 누구나 이렇게 가는 거고, 이곳에서 영원한 잠을 청하는 것 아닙니까. 삼촌은 왜 서울에서 출세를 꿈꾼다며 어른 논밭을 몰래 팔아서 그 돈으로 사업하신다고 해 놓고선, 몹쓸 병에 걸려 이곳에 누워 계십니까? 지금 누워 계시면서 그 시절을 후회하고 계신 거죠?"
　내 말이 끝나고 잠시 침묵이 흐른 후 이윽고 삼촌이 말씀하신다.
　"아니다. 그때 조금만 더 잘했더라면 우리 일가친척 모두 먹여 살릴 수 있었단다. 다시 태어나도 세상에 베팅하고 지르면서 대박을 꿈꾸며 살 거란다"
　"그래요, 삼촌. 그때 저에게 스케이트 사주셨잖아요!"
　그런데 지금의 나도 삼촌을 닮아서인지 '지름신'이 강림降臨하사 세상의 '빈 곳'을 향해 거침없이 지르고 있음을 어이하랴!

    아래 작자 미상未詳의 '내 무덤 앞에서'라는 시가 우리 삼촌, 아니
나아가 내 주위의 모든 분들이 내게 하시는 말씀을 축약해 놓은 것
같다. 물론 나도 훗날 죽으면 내 자식들에게, 또는 내 무덤을 찾아주
는 이들에게 이렇게 이야기 할 것만 같다.

    내 무덤 앞에서 눈물짓지 말라
    난 그곳에 없다
    난 잠들지 않는다
    난 수천 개의 바람이다
    난 눈 위에서 반짝이는 보석이다
    난 잘 익은 이삭들 위에서 빛나는 햇빛이다
    난 가을에 내리는 비다
    당신이 아침의 고요 속에 눈을 떴을 때
    난 원을 구리며 솟구치는
    새들의 가벼운 비상이다
    내 무덤 앞에서 울리 말라
    난 거기에 없다
    난 잠들지 않는다.

짜장면, 그 황홀한 맛

　짜장면을 누가 만들었는지에 대해서는 의견이 분분하지만 '짜장면'이라는 이름으로 처음 판매되기 시작한 곳은 1905년 개업한 인천 차이나타운의 '공화춘'으로 알려져 있다. 공화춘은 일제시대에도 중국 음식으로 상당히 유명한 인지도를 갖고 있던 고급 음식점이었다. 인천에서 공화춘이 성업을 이루자 중화루, 동흥루 등 많은 고급 중국 음식점들이 생겨났으며 그곳에서 제공하는 음식들은 차츰차츰 우리의 입맛에 맞게 변화하기 시작하여 급속도로 대중화되기에 이르렀다.

　짜장면은 외래음식으로는 유일하게 한국의 100대 문화 상징에 들어가며 국민이 즐겨 먹는다는 이유로 1960년대부터 정부에서 가격을 관리하는 유일한 음식이기도 하다. 60년대 가격은 15원이었다가 내가 처음 먹었던 때는 200원대였던 것으로 기억된다.

　초등학교 시절, 방학과 졸업 때 최고의 먹거리는 뭐니 뭐니 해도 단연 짜장면이었다. 아이들이 좋아하는 요즘 유행하는 말로 굳이 바꾸자면 '킹왕짱'이라 할만 했다.

아버지는 방학이 되면 꼭 짜장면을 사 주셨다. 막내인 나에게는 그야말로 최고의 선물이었다! 방학식에 대한 기대보다는 짜장면을 먹을 수 있다는 희망과 설렘이 더욱 컸음은 두말 할 나위도 없다.

처음 짜장면을 먹던 순간을 지금도 잊을 수 없다.

'우와, 세상에 이렇게 맛있는 음식도 있었구나!'

그 이후 짜장면은 그 독특한 맛과 향기로 어린 나를 옴짝달싹 못하게 하는 '검은 유혹'으로 군림君臨했다. 그때까지 많은 음식을 '씹고 뜯고 맛보고 즐기고' 했지만 짜장면처럼 나를 그야말로 열광하게 만든 음식은 아마도 없지 않았나 싶다.

"아버지, 곱빼기로 먹어도 되죠?"

"그래라. 이 녀석아 체할라, 좀 천천히 먹으려무나!"

이쯤 되면 짜장면은 완전히 내 것이나 다름없다. 나는 온 얼굴과 코에 짜장을 범벅으로 묻히고 마치 점령군처럼, 요샛말로 표현하면 '폭풍 흡입'하기에 바빴다.

엄마는 마치 염불하는 모습으로 천천히 드시면서 한마디 덧붙이신다.

"짜장면은 소화가 잘 안 돼서……."

나는 그때 정말 어머니가 짜장면을 안 좋아 하시는 줄 알았다. 이런 말씀을 하신 뜻을 수십 년이 지난 다음에야 겨우 깨달았다.

그러고 보면 나도 어머니에게 많이도 속고 살았다. 엄마가 싫어한다는 '짜장면' 외에도 맛있다는 '생선 대가리'와 물에 말아 시커멓게 탄 '누룽지'가 그랬다. 어머니가 싫어하시거나 좋아하시거나 하는 것을 당시에는 까맣게 몰랐다가, 세월이 한참 흐른 뒤에 겨우 그 뜻을 헤아렸던 것이다. 그래도 어머니 얼굴에는 언제나 웃음이 떠나지 않아서, 그래서 어머니는 언제나 행복한 사람인 줄 알았던 이 못난 아들이 참으로 한심하고 부끄럽다.

내가 3그릇을 먹고 배가 남산만큼 부풀어 올라 더 이상 먹지 못하면 어머니는 "음식 남기면 안 된다!"고 하시며 그릇을 싹싹 비우시던 어머니의 모습이 지금 이 글을 쓰는 순간 내 앞에 오버 랩 되어 코끝이 찡해온다.

요즘도 가끔 짜장면을 먹기는 하지만 그때는 정말이지, 왜 그렇게 맛이 있었는지 모르겠다. 시공^{時空}을 뛰어넘어 요즘 어린이들도 여전히 좋아하는 것을 보면, 아마도 짜장의 구수하고 감칠 맛 나는 그 맛이 어린이들의 입맛을 사로잡고 있는 것 같다.

아이들이 짜장면을 좋아하다 못해 사족을 못 쓰는 것을 규명^{糾明}하려면, 범죄가 아니니 '국과수'는 몰라도 '식약청'에 공식 의뢰라도 해야 할 것 같다. 나 자신의 경험과 기억, 지력을 총동원해서 추측해보건대, 우선 짜장면 사준다는 말에 아이들의 눈동자가 달라지고 오관^{五官}이 총출동해 집중력이 그야말로 최고조에 이른다. 이때의 아이들 표정은 꼭 주인이 내는 미션^{Mission}을 충실히 수행하려는 강아지의 자세와 퍽이나 닮았다. 문학에서 정지용^{鄭芝溶} 시인의 저 유명한 '향수^{鄕愁}'를 감상할 때 주로 등장하는 '공감각^{共感覺}적인 표현'에 다름 아니다.

'아, 이 녀석들이 공부도 짜장면 먹듯이 집중하면 모두 다 틀림없이 국가의 '동량지재棟梁之材'가 될 텐데……' 하는 탄식이 절로 나올 법하다.

  며칠 있으면 5월 5일 어린이날인데 그 때는 전국적으로 얼마나 많은 짜장면이 어린이들의 입맛을 돋워 줄 것인지 생각하면 공연히 즐겁다.

메밀묵 VS 도토리묵

"메밀~묵, 찹쌀~떡!"

지금이야 양념치킨이다, 김밥이다 하는 밤참거리가 흔하다 못해 넘쳐나서 이 소리를 들을 수 없지만, 참으로 정겨운 소리임에 틀림없다. 창밖으로 하얀 눈이 소복소복 내리는 긴 겨울밤, 저녁에 먹은 밥이 거의 다 내려갈 즈음에 출출해진 배는 고학생들이 외치는 소리를 금세 알아듣고 민감하게 반응한다. 한겨울밤 따뜻한 아랫목에 앉아서, 메밀묵을 안주로 막걸리 한 잔 걸치면 세상에 부러울 것이 없었다. 물론 내가 메밀묵 먹던 시절에는 학생 신분이라 마음껏 마시지 못하고 눈치 보면서 먹었지만⋯⋯.

구수한 메밀묵을 고춧가루로 양념한 간장에 찍어 먹거나, 신김치로 싸먹는 맛은 정말이지 '여럿이 먹다 하나 죽어도 모를 만큼' 일품逸品이다. 마치 찐고구마와 시큼한 배추김치가 잘 어울리듯이 말이다. 메밀로 만든 시원한 '평양식 냉면'이나 '아이스크림'이 겨울에 더 잘 어울리듯이, '메밀묵'은 추운 겨울에 먹어야 제 맛이 난다. 찹쌀로 빚고 소로 팥앙금을 넣은 쫀득쫀득한 찹쌀떡 몇 개를 먹다 보면 이

내 입안이 텁텁해진다. 그러면 다시 구수한 메밀묵을 신김치에 싸 먹곤 했는데, 이 메밀묵은 아무리 먹어도 질리지가 않는 게 어린 마음에도 참 신기했던 기억이 난다.

녹두묵이 양반음식이라면 메밀묵과 도토리묵은 서민음식이다. 이효석李孝石은 그의 대표작 〈메밀꽃 필 무렵〉에서 메밀밭을 "소금을 뿌린 듯이 흐뭇한 달빛에 숨이 막힐 지경"이라고 묘사描寫하기도 하였다. 청록파靑鹿派 시인의 한 사람으로 유명한 박목월朴木月은 〈적막寂寞한 식욕〉에서 메밀묵을 "싱겁고 구수하고, 못나고도 소박하게 점잖은, 촌 잔칫날 팔모상에 올라 새 사돈을 대접하는 것"이라고 읊으면서 걸걸한 막걸리에 메밀묵이 먹고 싶다고 했다. 추운 겨울밤에 궁금할 때 즐겨 먹던 음식으로, 지금은 거의 사라졌지만 얼마 전까지만 하더라도 찹쌀떡과 함께 메밀묵 행상이 많았던 점은 민속음식으로서의 귀중한 가치를 되새겨준다.

메밀묵은 날이 차가워지기 시작하는 늦가을부터 달리 먹을 것이 없는 겨우내 서민들의 배를 채워 주던 음식이다. 메밀은 낮은 기온과 건조한 기후에서 잘 자라기 때문에 강원도에서 많이 재배되었고 특히 봉평이 유명하며 메밀묵 외에도 메밀로 만든 향토음식이 많다.
메밀묵을 만들 때에는 메밀을 미리 물에 담가 떫은맛을 우려낸 후, 껍질을 벗기지 않고 통째로 맷돌에 갈아 물을 부어가며 체로 걸러낸 다음 웃물을 따라내고 밑의 앙금으로 풀을 쑤듯이 끓이는데, 이 때 묽기를 잘 맞추는 것이 중요하다. 물을 조절해가면서 주걱으로 계속 저어주며 잘 끓이다가 그릇에 담아 식히면 묵이 된다.

메밀에는 '루틴'이라는 성분이 있어 고혈압이나 동맥경화, 뇌출혈 등 성인병 예방에 좋다. 또 '콜린'이라는 성분은 간肝에 좋아 술을 즐기는 사람에게 권할만하다. 예부터 여성들은 메밀이 피부미용에 좋다하여 많이 이용해 왔으며, 저칼로리 음식으로 다이어트에도 도움이 되는 음식이어서 인기가 높다.

기왕 '묵' 얘기가 나온 김에, 서민적인 도토리묵에 관한 이야기를 한 가지 더 소개하고자 한다.

도토리는 신석기新石器 시대부터 먹어온 식품으로, 우리 조상들도 일찍부터 먹어 왔으리라 추정推定되고 있다. 흉년에는 끼니를 이어주던 중요한 구황救荒 식품이었다. 그래서 옛날 수령들은 새 고을에 부임赴任하면 맨 먼저 떡갈나무를 심어 기근饑饉에 대비하는 것이 관습이 되었으며, 떡갈나무를 '한목韓木'이라고까지 불렀다고 한다. 고려시대 서거정徐居正이 지은 〈동문선東文選〉에 나오는 윤여형의 〈상실가像實歌〉에는 도토리에 얽힌 서민庶民의 애환哀歡이 사무치게 깃들어 있다.

> 도톨밤 도톨밤 밤 아닌 밤
> 누가 도톨밤이라 이름지었는가.
> 맛이 쓰기로는 씀바귀 같고
> 빛깔은 숯처럼 검다.
> 수탉 소리 들으며 새벽에 일어나서
> 시골 늙은이 마른 밥 싸가지고
> 일만 길이나 되는 벼랑에 기어올라
> 칡넝쿨 헤치며 원숭이와 다툰다.

온종일 주워도 광주리는 차지 않고
두 다리는 옹여맨 듯, 주린 창자 주르륵 운다.
낭리 차고 해가 저무니 골짜기에 잘 수밖에 없다.
솔가지 지피고 고사리 캐어 삶아 먹는다…….

늙은이만 남아 빈 집을 지키다가
사흘을 굶다 못해 도토리 주우러 산으로 간다.
권세가여, 그대는 아는가.
그대의 미반상찬 美盤上餐 이 도토리 줍는 늙은이
눈 밑에서 스며 나오는 피라는 것을…….

수박처럼 시원하게 삽시다!

무더운 한여름 밤 툇마루에 걸터앉아 수박을 숭숭 썰어놓고 그 위에 얼음조각 띄워놓은 수박화채! 생각만 해도 더위가 싹 가신다. 옛날 설탕이 귀했던 시절, 사카린으로 흠뻑 단맛을 내고는 온 식구가 둘러앉아 도란도란 이야기꽃을 피우며 보냈던 한여름 밤들이 이제는 아련한 추억追憶이 되었다.

내가 얼마나 수박을 좋아했으면 어머니가 수박을 칼로 잘라서 우리 3남매에게 나눠 주실 때, 그 사이를 못 참고 큰 놈을 쟁취하려는 욕심에 그만 어머니 칼질이 채 끝나기도 전에 수박을 집으려다 칼에 엄지손가락 손톱이 잘려나갔던 적도 있었다. 지금도 엄지손가락 손톱에 갈라진 흉터가 희미하게 남아있어 그 날의 긴박緊迫했던(?) 상황을 웅변雄辯으로 말해주고 있다.

수많은 과일 중 유난히 수박을 좋아했던 나는 수박 없는 여름은 상상조차 하기 싫었다. 어쩌면 여름은 수박을 위해 존재하는지도 모른다는 생각이 들 정도로, 수박의 참맛은 여름이 있음으로 해서 자신의 가치를 여지없이 드러낸다. 아프리카가 원산지라는 수박은 적도

赤道가 고향이라서 그런지 뜨거운 햇빛을 좋아한다. 그런데도 수박은 차가운 음식이라는 것이 좀 아이러니하다는 생각이 든다.

뜨거운 햇빛을 좋아하여 당연히 따뜻한 음식이어야 할 것 같은데도 정반대로 아주 시원한 기운을 갖고 있다는 것이 놀랍다. 내가 어렸을 때 방학만 되면 뜨거운 여름날 경기도 포천의 사촌형님을 따라 밭에 나가 어른 엉덩이만한 수박을 따서 돌에 깨뜨려 먹던 맛이 얼마나 시원하던지……. 어린 마음에도 뜨거운 햇빛에 달궈진 수박이 왜 그렇게 시원한지 신기하기만 했던 기억이 난다. 수박이 시원한 것은 단지 온도가 차가운 것만이 아니라 몸을 차갑게 하고 이뇨利尿를 촉진시키는 작용이 있어 더욱 시원하게 느껴진다는 사실은 한참 후에 알았다.

한편, 우리 토종 수박으로는 무등산수박이 있다. 이는 보통 수박과 다르게 줄무늬가 없고 그 맛이 아주 좋아 대궐 진상품으로 쓰였다고 한다. 무등산수박은 현재까지도 많이 재배되고 있는데, 지역 특산물로 인기가 좋아 아주 비싼 값으로 팔리고 있다. 수박은 호박과 같은 박과에 속하는 일년생 풀로, 보통 과일로 알려져 있지만 채소에 속하는 밭작물이다. 보통 참외와 함께 대표적인 여름 과일이라고들 말하지만 참외와 마찬가지로 과일이 아니라 채소에 속한다.

수박은 엄지손가락만한 새끼 때부터 특유의 줄무늬가 선명하게 새겨져 있어 꼭 아기에게 어른의 턱수염이 나 있는 것처럼 앙증맞기 그지없다. 이런 수박을 보면 어린이들이 아주 좋아한다. 그래서 수박을 키우면 어린이들에게 아주 좋은 자연 교육의 소재素材가 된다. 그렇게 앙증맞은 수박을 정성껏 크게 키워 자기 얼굴보다 큰 놈을 아이들이 두 팔로 들어 올리며 입을 크게 벌려 신기해하는 모습 또한 자연 그 자체다.

수박은 냉장고에 넣어 차게 먹어야 제 맛이 난다. 냉장고가 드물었던 옛날의 손님들은 한 손엔 수박 한 통, 다른 손엔 얼음 한 통을 새끼줄에 꿰어 방문하는 게 여름날의 한 풍경이었다. 그러면 집주인은 한 손엔 바늘, 다른 손엔 망치를 들고 나와 얼음을 깨고, 숟가락으로 박박 긁은 수박에 설탕을 듬뿍 뿌린 화채를 만들어 내왔다. 요즈음처럼 수박이 달지 않아 설탕을 뿌렸고, 게다가 냉장고도 없어 얼음이 필수품이었던 것이다. 거기에다 껍질은 고스란히 모아서 겉껍질은 벗겨내고 푸른 속껍질을 나물로 무쳐 저녁 반찬으로 썼기 때문에, 요즘처럼 수박 쓰레기도 별로 없었다.

지금은 설탕을 뿌리지 않아도 아주 달고 맛있다. 또 냉장고에 넣었다 먹으니 화채도 필요 없이 칼로 잘라 하모니카 불듯이 맛있게 먹으면 된다. 그러나 지금은 먹을 것이 풍부하다 못해 넘쳐나는 시대인지라, 속껍질로 나물 무쳐 먹는 것은 고사하고 빨간 속살이 눈에 띌 정도로 남겨서 버리니 안타까운 생각이 든다. 좀 더 적극성을 발휘하여 속껍질로 나물 무쳐 먹는 것도 옛날을 생각하며 한 번 시도해봄직하다. 오이 무침 못지않은 그 맛에 놀라움을 금치 못할 것이다. 게다가 여름에 넘쳐나는 수박 쓰레기를 던다는 생각으로 시도해보면 아이들에게도 좋은 환경 교육이 될 것이다.

이 글을 쓰고 있는 봄에 벌써 나는 수박화채가 먹고 싶은 마음이 간절한 나머지 한여름을 학수고대鶴首苦待하고 있다. 그리고 수박화채만큼은 아내의 손을 빌리지 않고 내가 직접 만들어 사랑하는 아내와 두 아들에게 만들어주고 싶다. 요즘 사업이 어떻고, 단가가 어뜧고 하며 많은 대화를 나눌 때가 자주 있는데, 언젠가부터 나는 그 대화 말미末尾에 한마디 던진다.

"우리 수박처럼 시원하게 삽시다!"

여름과 시원한 수박, 그리고 바다를 멋들어지게 표현한 이해인 수녀님의 〈여름 일기〉를 감상鑑賞하며 올해도 빨리 찾아온 무더위를 식혀본다.

1
사람들은 나이 들면
고운 마음 어진 웃음 잃기 쉬운데

느티나무여
당신은 나이 들어도
어찌 그리 푸른 기품 잃지 않고
넉넉하게 아름다운지
나는 너무 부러워서
당신 그늘 아래 오래오래 앉아서
당신의 향기를 맡습니다

조금이라도 당신을 닮고 싶어
시원한 그늘 떠날 줄을 모릅니다

당신처럼 뿌리가 깊어 더 빛나는
시의 잎사귀를 달 수 있도록
나를 기다려 주십시오
당신처럼 뿌리 깊고 넓은 사랑을
나도 하고 싶습니다

2
사계절 중에
여름이 제일 좋다는 젊은 벗이여
나는 오늘 달고 맛있는
초록 수박 한 덩이 그대에게 보내며
시원한 여름을 가져봅니다

한창 진행중이라는
그대의 첫사랑도
이 수박처럼 물기 많고 싱싱하고
어떤 시련 중에도
모나지 않는 둥근 힘으로
끝까지 아름다울 수 있기를
해 아래 웃으며 기도합니다

3
바다가 그리운 여름날은
오이를 썰고 얼음을 띄워
미역냉국을 해먹습니다

입안에 가득 고여오는
비릿한 바다 내음과
하얀 파도소리에
나는 어느새 눈을 감고
해녀가 되어
시의 전복을 따러 갑니다

이해인 시인의 〈여름 일기〉 전문

담배와의 인연

　내가 우연한 기회에 담배와 첫 번째 인연을 맺은 때는 중학교 1학년 때인 4월 즈음이었다.

　봄비가 마당을 소리 없이 적시던 날 툇마루에 걸터앉아 당시 내가 푹 빠졌던, 전국戰國 시대를 수습하고 250년간 지속된 에도江戶 막부를 열어 초대 쇼군將軍이 된 도쿠가와 이에야스德川家康의 일대기를 그린 일본 소설 '대망大望'을 읽고 있었다.

　모친이 해주신 삶은 계란을 맛있게 먹으며 내가 좋아했던 똥개 삽살강아지를 배위에 얹고서 읽고 또 읽고 3번 째 읽으려는 순간, 마루 끝 구석에 애연가였던 모친이 즐겨 피우시던 담배가 눈에 들어왔다.

　담배 갑에 '새마을'이라고 인쇄되어 있었는데 '필터도 없는 이 담배를 엄마는 왜 그렇게 좋아하실까?' 하는 의구심이 들었다. 사실 모친은 백해무익百害無益으로 표현될 만큼 몸에 해롭다는 담배를 왜 피우게 되셨는지는 몰라도, 대단한 애연가愛煙家이셨다.

　나는 호기심에 그 필터가 없는 새마을 담배 한 개비를 입에 물고 유엔UN성냥을 폼 나게 켜서 불을 붙여 한 모금 빨아들이는 순간, 가

습속에 불이 날 수도 있음을 처음으로 느꼈다! 목이 콱 막히는가 싶더니, 곧 극심한 구토嘔吐가 이어져 조금 전에 먹었던 삶은 계란과 다른 음식이 한데 뒤엉켜 엉망이 되고 말았다. 이것이 담배와 나의 첫 만남이었다.

'엄마는 이걸 어떡해서 즐기실까?' 하는 의문과 존경심(?)이 함께 발동하던 그 때 나는 무심코 아직 꺼지지 않은 담배를 마당에 던졌다. 봄비로 물이 흥건하게 고여 있던 마당에 담뱃불이 떨어지니 '치직'하면서 담뱃불 꺼지는 소리에 나는 뭔가 모를 묘한 쾌감快感을 느꼈다.

담뱃불과 봄비의 조화로운 소리—.

나는 그 소리의 상쾌함을 계속 느끼고파 모친의 새마을 담배 2보루에 연신 불을 붙이고 던지는 행동을 반복해서, 결국 담배가 바닥이 나서야 멈추었다. 지금 스스로 생각해도 참으로 어처구니가 없어서 쓴웃음만 나온다. 그땐 철이 없어도 한참 없었지. 내가 왜 그랬을까?

외출해서 돌아오신 모친이 마당에 장렬하게(?) 각양각색으로 널브러져 있는 담배 수백 개비를 보시고 소스라치게 놀라시는 건 당연지사였다.

내가 이실직고以實直告를 하려는 찰나

"복실이 이놈 어디 갔어!"

온 집안이 쩌렁쩌렁 울리도록 크게 소리치시며 모친이 그렇게 화내시는 것은 그때까지 일찍이 내 기억에 없을 정도였다.

지금도 모친의 무자비한 빗자루 폭탄 세례에 '깨갱!' 하는 단말마斷末魔적인 비명을 연속 질러대 나의 도움을 애타게 요청하는 삽살이의 애절한 눈빛⋯⋯.

모친께 설명할 겨를도 없는 순식간에 벌어진 일이기도 했지만, 모친이 보시기에는 모든 책임 규명糾明을 할 필요도 없이 사건의 전말顚末은 명약관화明若觀火해진 것이다.

"너는 복실이 잘 보지 뭐 했냐?"

나에겐 이 말씀이 전부였다. 이 일이 있은 후 3달 정도 지난 어느 날, 나의 불쌍한 복실이는 그만 식도락가食道樂家인 모친과 부친의 화려한 경력을 뒷받침하는 일에 희생되고야 말았다.

오호嗚呼, 통재痛哉라! 복실아, 미안하다! 말 못하는 짐승이라고 얼마나 억울했겠니? 앞으로 내가 세상 살아갈 때, 대신 죄도 없이 속절없이 죽어간 너를 생각해서라도 무고誣告로 고생하는 사람이나 짐승들이 있으면 해원解寃시킬 수 있는 방안을 찾도록 나름대로 최선을 다 할께!

꼭 네가 눈 감을 때 '세상에 믿을 놈 하나 없구나!' 하고 나를 원망했을 것만 같아 면목이 없다. 내세來世에 다시 만나면 무슨 일이 있더라도 내가 너를 꼭 지켜줄게. 약속하마!

그날 부모님이 복실이를 만찬의 또 다른 주인공으로 삼아 즐기시는 저녁, 나는 속죄贖罪하는 의미에서 왕성한 나의 식욕을 뒤로 하고 이틀을 쫄쫄 굶었다.

2번 째 나와 담배와의 인연은 고등학교 2학년 때였다. 미션 계통의 대표학교인 대광고등학교 시절이었는데 유달리 흡연에 대한 징계가 심한 학풍의 학교였다.

지금은 선생님 존함도 기억이 희미하지만 당시 유독 나를 아껴주시던 한문선생님 한 분이 계셨다. 선생님은 항상 외진 창고에 가셔서 담배를 태우셨다. 혹시 다른 젊은 선생님이 보면 민망하시니까 언제나 나를 보초로 명하시고 피우셨다.

내가 하루는 "한문 선생님, 담배가 그렇게 좋으세요?" 하고 여쭈어 봤더니 이렇게 말씀하셨다.

"식후 불연초 不燃草 는 조실부모 早失父母 란다. 너도 한 번 빨아볼래?"

이렇게 담배와 나의 2번 째 인연은 내가 가장 존경했던 노학자 한문선생님께서 직접 인연을 맺어주셨다.

58년 개띠 인생이 담배와 인연을 맺은 지도 어언 35년이 훌쩍 넘었다. 우리나라의 90세 이상 어르신들 전부가 담배를 피우신다는 통계에 기대며 나는 오늘도 한 모금의 담배연기를 즐긴다. 선생님이 만약 살아 계시다면 비슷한 연배가 되지 않으셨을까 생각하면서.

기분이 좋으면 좋은 대로, 세상이 나를 서운케 할 때도 나는 맛있게 피우는 끽연 喫煙 행위 자체를 사랑한다. "후~" 하는 소리와 함께 나는 오늘도 담배연기를 내뿜으며 희로애락 喜怒哀樂 을 조율 調律 하고 있다.

음악 DJ가 된 구두닦이 소년

"구두 다~어~! 아저씨, 구두 닦으세요!"

"........."

"아저씨, 구두 반짝반짝하게 잘 닦아드릴게요. 한번 닦아보세요!"

내가 고등학교 2학년 때였다고 기억된다. 당시 나는 아파트가 최초로 분양된 동대문구 창신동 삼일아파트에 살고 있었다.

고등학생일 때 다들 그런 경험이 있겠지만 당시 나도 '커서 무슨 일을 하는 사람이 될까?' 하고 머릿속에 어렴풋이 미래의 나를 상상해 보곤 했다. 하루는 우연히 후배 이재필을 만나게 됐는데, 가정환경이 좋지 않았던 재필이는 초등학교 졸업 후 곧바로 직업전선에 뛰어들어 길거리 구두닦이 경력이 벌써 10년차였다.

그는 정말 구두를 잘 닦았다. 구두를 닦을 때 후배의 손은 보이지 않을 정도로 빨랐고, '파리가 낙상落傷할 정도'로 번쩍번쩍 광택이 났다. 나는 후배와 한참 이야기를 나누다가 그에게 반해 나도 구두를 한번 닦아보겠다고 결심했다. 그 당시 나는 가정 형편이 어렵지 않았지만 공부에 그다지 관심이 없던 데다 후배의 구두 닦는 솜씨에 매료魅了되었던 거다. 사실 어린 마음에 조금이라도 내가 돈을 벌어 부모님께 갖다 드리면 얼마나 좋아하실까 하는 마음도 조금은 있었다. 그래서 결국 나는 사회에 첫 발을 하필이면 구두닦이로 내딛게 된 것이다.

재필이는 내게 "형은 손재주가 있어서 1달이면 될 거야, 잘 배워 봐. 그날 수익금의 반은 형 줄게!" 하며 용기를 북돋워 주었다. 당시 구두 한 켤레 닦는 요금은 20원이었나 그랬다.

후배의 말에 자못 의기양양意氣揚揚해진 나는 전장에 출정하는 장수가 출사표出師表를 던지는 것처럼 감연敢然히 내뱉었다.

"좋다. 까짓 거 한번 해 보자!"

그런데 웬걸, 내가 닦은 구두는 광이 영 시원치 않아서 그런지 손님한테 뒤통수 맞기에 바빴다. 냉정히 생각해 보면 맞을 정도로 못 닦았던 같지는 않았는데, 재필이가 닦은 구두와 극명克明하게 비교되니 그럴 수밖에 없었던 것 아닌가 하고 애써 자위自慰해 본다.

구두 광내는 데는 침만한 게 없다고 해서 침도 퉤퉤 뱉어가며 2달 동안 열심히 했지만 후배가 닦은 구두와는 퀄리티(?)가 달라 비교가 안 됐다. 의기소침意氣銷沈해진 나는 후배에게 말했다.

"재필아, 난 안 되겠다. 이 방면엔 재능이 없는 것 같아!"

"형, 잘 생각했어. 형은 공부 잘하는데 왜 구두닦이를 하려고 해?"

아무튼 내 나름대로는 신경 써서 사회에 첫발을 내디뎠는데 아쉽게도 첫 사업은 실패로 돌아가고 말았다.

손님 구두에 광을 내려 안간힘을 쓰던 어느 날, 내게 구두를 닦던 점잖은 손님 한 분이 나를 보고 한 말씀 하셨다.

"너 목소리가 무척 좋은데 다방 DJ 한번 해봐라! 팝송 좋아하니?"

오늘날은 젊은이들이 만날 수 있는 모임도 많고, 또 만나서 즐길 수 있는 공간도 이루 헤아릴 수 없을 정도로 넘쳐난다. 그 당시만 해도 사회가 전반적으로 가난하고 미숙했던 때라 낭만浪漫보다는 배불리 먹는 것이 우선이었다. 그때는 다방이 주된 만남의 장소로 각광脚光을 받았다. 그리고 젊은이들의 만남의 장소로 각광을 받던 장소가 클래식 음악 감상실과 대형 분식점이었다. 클래식 음악 감상실이란 대형 홀에 DJ 박스가 설치되어 박스 안의 DJ가 클래식 음악 해설과 함께 음악을 진행하던 장소를 말한다.

옛날 방송국에서 진행하던 '밤을 잊은 그대에게'나 '밤의 디스크쇼'와 같은 프로를 진행하던 대형 홀과 흡사하다. 다만 다른 점은 현장에서 직접 시청자에게 들려준다는 것과, 즉흥적으로 듣고 싶은 곡을 메모지로 신청할 수 있다는 점이다. 수많은 음악 애호가들의 입에 오르내리는 유명한 디스크자키들이 그 당시의 클래식 음악 감상실 DJ 출신들이다.

그때는 거의 전축의 대명사이던 '별표 전축'과 턴테이블, LP판이 다방 음악을 휩쓸던 때였고, 그런 음악에 심취心醉하는 청춘에 찬사를 보내던 시절이었다. 나는 그 신사 분의 말씀이 새로운 직업을 찾는 이정표里程標가 되어 종각에 있던 '신신분식'에 당당히 입성入城하게 된다.

당시 신신분식은 우리나라에서 가장 큰 분식점이었는데 각종 분식은 물론 돈가스와 비프가스를 비롯해 오므라이스, 비프스테이크,

함박스테이크 등 경양식 메뉴로 젊은이들의 입맛을 사로잡았다. 요즘 젊은이들의 은어隱語로 말하자면, 당시의 꽤 많은 '고딩'들이 인근 종로학원 단과반을 '땡땡이' 치고 소위 '작업'하느라 신신분식에 죽치고 앉아 팝송을 신청하곤 했다. 옆자리에 앉은 하얀 칼라의 단발머리 여고생들을 흘낏흘낏 훔쳐보면서 말이다. 나는 사람들로부터 목소리가 좋다는 이야기를 많이 들어와 진행에는 어느 정도 자신감을 가지고 있었다. 나는 자신에 찬 목소리로 손님들로부터 쏟아지는 수많은 사연을 소개하면서 사연에 맞춰 때로는 분위기 있고 애절하게, 때로는 밝고 명랑하게 톤을 조절해 읽어주며 우리 가요와 팝송을 틀어주었다. 당시 주로 틀어주던 노래는 요즘 '가왕'으로 지존至尊의 위엄威嚴을 한껏 갖춘 조용필을 비롯한 나훈아, 남진, 그리고 송창식과 윤형주를 중심이 된 '통기타 부대'의 인기는 하늘을 찌를 정도였다. 미국 팝송과 로큰롤은 비틀즈와 닐 다이아몬드를 필두筆頭로 엘비스 프레슬리, 톰 존스, 그리고 클리프 리처드, 약간 뒤에 등장한 레이프 개럿 등의 인기는 요즘 아이돌의 인기를 능가凌駕했다.

이 무렵 나의 인기도 요즘 '아이돌'이 부럽지 않을 정도였다. 내가 지난날을 회상해 보건대 청소년, 특히 여고생들의 우상偶像으로 떠올라 온갖 찬사讚辭와 함께 부富와 영화榮華를 누린 환상적幻想的 인 시간들이 바로 그때였다. 당시 인기 DJ였던 김광한과 박 선배, 가수 이용복 님 등의 귀여움을 받으며 지낸 그때가 나의 환상적 학창시절의 '화룡점정畵龍點睛'이었다.

'아, 인생의 행복이 이런 거로구나!' 하며 세상이 온통 내 것 같고, 나를 위해 존재하는 것 같은 생각이 들었다. 신신분식의 봉 사장님이 나를 잘 보신 덕분에 다른 직원들이 월급 3,000원 받을 때 나는 3만 5천원이라는 거금을 주셨다. 물론 내 인기가 많았으나 따님이 나를 좋아한다는 사실을 알아챈 사장님이 아예 나를 사위로 삼아 눌러 앉히고자 하셨던 작전(?)의 일환一環이었다는 것은 나중에야 알았다. 이후 군대에 간 내가 휴가 때마다 들르면 따님이 내게 차도 끓여주며 상냥하게 대해주던 일이 생각나 지금도 가끔 그때를 회상回想하며 미소 짓곤 한다.

행복한 삶을 누리려면

6·25 직후 우리나라는 세계에서 여섯 번째로 가난한 나라였다. 하지만 50년이 지난 지금 세계 경제 규모 13위, 소비지수 7위, 무역 규모 1조 달러로 성장했다. 땅도 좁고 자원도 부족한 나라에서 똑똑한 국민의 성실성과 근성으로 빠른 시간에 큰 성장을 이뤄냈다. 그렇다면 국민들은 행복해야 되는데 경제협력개발기구^{OECD} 36개국 중 행복지수가 24위인 이유가 무엇일까? 욕심이 많아서 누리고 있는 것에 감사하지 못하기 때문이다. 경제적 여유도 생기고 문화 수준도 높아졌지만, 정신적으로 행복감, 만족감이 떨어지는 건 마음이 병 들어있기 때문이다.

어떻게 하면 행복한 삶을 살 수 있을까? 행복이란 사전적인 의미에서 '생활에서 충분한 만족과 기쁨을 느껴 흐뭇한 상태'를 말한다. 부지기수^{不知其數}의 다양한 생명체들 가운데 특별히 이성^{理性}과 지성^{知性}을 갖추고 잘 활용하는 인간의 행복선호도가 가장 높다. 긍정심리학의 창시자이며 지그문트 프로이드 이후 가장 주목받는 마틴 셀리그먼 교수는 행복한 삶을 다음 3가지로 정의^{定義}하였다.

첫째, 즐거운 삶이다. 즐거움은 삶의 질을 풍요롭게 하고, 여유餘裕와 배려配慮를 풍성하게 만드는 좋은 요소가 된다. 그래서 누구나 행복해지려면 즐겁게 살아야 한다. 그런데 즐거운 삶은 결국 가만히 따져보면 감정의 지배를 받는다. 바로 긍정적인 감정의 지배이다. 그래서 긍정적인 감정이 많을수록 행복하게 된다.

둘째, 훌륭한 삶이다. 훌륭한 삶은 행복한 몰입沒入, 관여와 관계가 있다. 쉽게 말해서 몰입이란 내가 하고 싶은 것을 정신없이 할 때이거나 내가 좋아하는 사람들과 유쾌한 대화를 나누다 보면 "벌써 시간이 이렇게 되었나?"라고 생각할 때가 있다. 이런 것이 몰입의 전형적인 예에 해당된다. 몰입은 불행한 감정을 잊어버리게 하는 좋은 효과가 있다.

셋째, 의미意味 있는 삶이다. 의미 있는 삶은 자신의 삶의 과정을 복되게 만드는 과정이 된다. 또 의미 있는 삶은 자기 자신만 아니라 타인에게도 유익有益함을 안겨준다. 그래서 의미 있는 삶이란 자신이 사랑하는 사람들과 친밀감 있게 소통疏通할 힘을 제공한다. 의미 있는 삶은 결국 삶의 단락에서 누려지는 기쁨들을 공유共有하며 함께 살아가는 것이다.

행복에 대한 견해들과 조언들은 참으로 많지만, 긍정심리학자들 가운데 마틴 셀리그먼 교수는 "행복해지려면 행복에 대해 지금까지 가지고 있는 시각부터 바꾸라"고 조언한다. 자신의 관점이 행복과 무관하지 않도록 세련되게 하라는 말이다. 사실 우리는 행복을 추구하면서도 불행스러운 일들에 집착하며 지내기 쉽다. 그래서 내 스스로 생각하는 방법부터 적극적으로 바꾸는 것이 좋다.

여기에서 우리는 행복가치가 최고조에 달하게 하는 비결秘訣을 찾을 수 있다. 행복은 나 자신만을 향한 삶에서 누려지는 그런 이기적利己的이고 지엽적枝葉的이며 평범한 보통 가치가 아니다. 진정한 행복은 타인과의 관계, 즉 '자리이타自利利他' 정신에서 비롯된다. 타인을 행복하게 하는 사람에게 행복 가치는 자라난다.

삐에르 신부는 실의에 빠져 죽음을 선택하려는 사람에게 입으로만 상담하지 않고, 자신의 처지보다 더 못한 사람들을 찾아보게 했다. 그리고 남을 도우는 일로 인해 그 사람이 스스로 기쁨을 느끼게 함으로써 새로운 기쁨으로 삶을 다시 바라보게 하였다. 삐에르 신부의 방법은 얼마나 멋진 방법인가.

황창연 신부님의 '행복특강'을 듣고 정리하며 행복한 인생설계를 위한 7가지 제안을 스스로에게 다짐해 본다.

첫째, 무엇을 하고 어떻게 살 것인지 곰곰이 생각하라

성모님께서는 천사가 나타나 예수님을 잉태孕胎하게 될 것이라고 말하자 곰곰이 생각을 하셨다. 곰곰이 생각하지 않으면 은총恩寵이 가득할 수 없다. 수명이 길어져 우리에게 주어진 시간은 훨씬 늘어났다. 긴 여생 동안 무엇을 하고 어떻게 살 것인지 곰곰이 생각해봐야 한다.

둘째, 운동하라

앞서 강조했듯이 수명壽命이 길어져 적어도 50~60년은 더 살 것이다. 지금 나 자신을 돌보는 것이 자식들에게 잘해주는 것임을 잊지 말고 건강에 투자해야 한다.

셋째, 친구를 만들어라

1살부터 50살까지는 가족이 전부였다면 50살부터 100살까지는 자식들이 품을 떠나 부부끼리만 산다. 30년 넘게 서로만 바라보며 산다는 게 생각보다 어렵다. 인생의 다른 동반자인 친구를 사귀어라. 소중한 친구를 만드는 데 쓰는 돈을 아까워하지 마라. 나이와 지위, 재산을 따지지 말고 다양한 친구를 만들어라. 친구가 많으면 할 일도 많아진다.

넷째, TV 시청 시간을 줄여라

텔레비전을 보면 몸의 95%를 사용하지 않는다. 낮 동안 활동하면서 몸의 피로도가 쌓여야 숙면熟眠을 취할 수 있는데, 텔레비전을 보면 몸을 움직이지 않기 때문에 잠이 안 올 수밖에 없다. 인간이 80년 살면서 21년 동안 텔레비전을 본다고 한다. TV는 유용한 매체지만, 꼭 필요할 때에만 올바르게 활용하는 지혜가 필요하다. 다섯째, 100살까지 사는 인생이 행복해지려면 공부하라.

재산관리법, 자식과 원만한 관계 유지하는 법, 건강관리법, 논어論語 등 알면 알수록 인생이 풍요로워지는 배움을 이어가라.

여섯째, 웃어라

앨버트 아인슈타인은 "나의 천재성은 유머에서부터 시작된다"고 했다. 이탈리아인들은 평균 19분을 웃고, 독일인들은 7분, 우리나라 사람은 1분을 웃는다. 인간은 520개의 근육을 갖고 있는데, 마라톤을 할 때 15개만 사용되던 근육이 웃을 때는 230개가 움직인다고 한다. '일노일로 일소일소 一怒一老 一笑一少, 한 번 화내면 한 번 늙고, 한 번 웃으면 한 번 젊어진다'가 과학적으로도 맞는 말이라는 뜻이다. 유머는 일상의 분위기를 부드럽게 만들어주고, 삶의 여유를 가져다준다.

일곱째, 나 자신에게 잘하라

100년 동안의 행복을 다른 사람이 챙겨줄 수 없다. 나의 행복은 나 스스로가 챙겨야 한다. 행복의 주인공은 나다. 마음 안에 슬픔, 괴로움, 불행 등이 가득 차 있으면 이웃에게 슬픔, 짜증과 원망을 나눠줄 수밖에 없다. 하지만 마음에 감사가 넘쳐흐르면 기쁨과 평화, 구원救援까지도 줄 수 있다. 세상을 살다가 하느님께 돌아가는 날, 자식들에게 "엄마(아빠)처럼 살아라, 하늘나라에서 다시 만나자"고 말할 수 있도록 행복한 삶을 살기위해 노력하라.

58년
개띠
인생의
애환

3

인연의
두레박이
행복을
긷다

녹차가 맺어준 아내와의 인연

온갖 기화요초琪花瑤草가 저마다의 아름다움과 화사한 자태를 뽐내던 1993년 4월 봄, 집에서나 회사에서나 노총각으로 분류되던 나도 드디어 결혼을 했다.

나에게 이런 날이 올 수 없을 것이라는 굳은 신념(?)이 지배하던 때였기에, 바쁜 회사 업무에 좌충우돌左衝右突 하던 나의 머릿속은 당연히 '결혼'이라는 단어 자체가 잠시도 차지할 틈이 없었다. 나는 그때까지 주변 사람들은 물론 말할 것도 없고, 부모님들이 마음 졸이며 마련하신 중매 자리에 나가는 약속을 지킨 기억도 전무全無했었다.

나는 회사생활 때 주말은 언제나 운동 스케줄로 꽉 채워져 있었다. 야구나 축구를 즐기려던 유일한 주말의 기대감이 선보라는 약속 통보를 받는 순간 산산이 깨져 버릴 때가 한두 번이 아니었다. 그럴 때마다 나는 어깨가 '소금에 절인 배추' 모양 어깨가 축 늘어지기 일쑤였다.

괜히 애꿎은 회사 동료에게 통사정을 하기 시작한다.

"어이, 우리 어머니한테 전화 좀 드려 주게나. 이번 일요일 회사에 해외에서 온 중요한 바이어와의 약속으로 어렵다고 부모님께 말씀드려 주시게!"

"자네가 없으면 일본어 할 줄 아는 직원이 없어 안 된다는 것을 자네가 더 잘 알고 있잖은가?"

"이보게, 내가 맛있는 거 많이 사줄게!"

모든 결혼이 그렇듯 현실적인 가능성과 부합되는 배우자와의 만남이 결혼과는 일치되지 않음을 인정하지 않을 수 없어 더욱 그랬다.

"부장님! 직원 체육대회 운영비 지원 좀 부탁드립니다."

"지원은 해 주겠네만 한 가지 조건이 있네. 신부감을 데려오게!"

입사 당시 나는 영업부로 발령이 났으나 회사의 가장 기초가 되는 생산라인을 경험하고픈 생각에 생산부 근무를 요청했고, 내 희망사항이 받아들여져 6개월 한시적으로 생산부로 출근했다. 그때 나는 회사 업무에 쫓겨 언제나 자정 넘어 퇴근하기 일쑤였고, 총각들만의 기숙사에서 바쁜 일상을 보내느라 삭막하고 무미건조한 감정을 느낄 겨를조차 없었다.

회사에 출근한 후 자리에 멍하니 앉아 자판기에서 뽑아온 커피 한 잔과 담배 한 모금이 하루 일과의 시작이었다. 수없이 찾아오는 방문자와의 계속 이어지는 미팅으로 마치 다람쥐 쳇바퀴 돌듯 하는 나의 일상日常에 큰 변화가 찾아왔다.

어느 날인가 내 책상에 커피가 아닌 율무차가 놓여 있었고, 다음 날은 따뜻한 녹차가 그 자리를 대신했다.

"식전 커피는 몸에 좋지 않네요!"

나는 따뜻한 정이 담긴 메모를 보며 떨리는 손으로 집어든 차를 목울대로 한 모금씩 넘겼다. 필설筆舌로 형용形容키 어려운 묘한 기분에 취해서일까, 문득 율무차든 녹차든 관계없이 차에서 향긋하고 풋풋한 봄 내음이 물씬 풍기는 것을 느꼈다. 내게 이렇게 소리 없이 다가와 감동을 선사한 사람이 바로 입사 1개월 차 신입 여직원이었던 지금의 아내다.

율무차와 녹차로 아침을 보낸 지 정확히 4개월 후 우리는 무려 15년의 나이 차를 극복하고 웨딩마치를 울렸다. 회사 동료들의 걱정과 부러움 섞인 시선을 뒤로 하며 왠지 모를 쑥스러움 속에서 자의반 타의반 사표를 냄과 동시에 성대한 결혼식을 거행했던 것이다. 73년 소띠 아내를 둔 58년 개띠 남편은 오늘도 주절거린다.

"사랑하는 아내와 씩씩한 아들 형제가 있으니, 난 지금 더없이 행복합니다!"

58년 개띠가 베이비부머들에게 이르노니, 세상사 모든 것이 그러하듯 행복한 결혼을 위해서 부인 앞에서는 '푼수가 되자!'고 외치고 싶다.

인연이란 그렇다 하더이다.
그렇게 고귀한 인연으로 만났습니다.
세상이 존재하려면 남녀가 만나고 암술과 수술이 만나고
암컷과 수컷이 만나고 음과 양이 만나고
햇빛, 물, 강, 바다, 풀, 나무, 흙, 미생물이 얽히고 설켜
그 모든 것들이 서로 인연이 되어 어울려야 합니다.

김홍신의 〈인생 사용설명서〉 중에서

결혼의 의미와 가정의 소중함에 대하여

결혼이란 하나의 작은 조각배에 두 사람이 함께 타고 폭풍노도의 망망대해茫茫大海로 나서는 것과 같다고 생각한다. 노를 잘못 젓거나 두 사람 중 한 사람이라도 잘못 움직이면 배는 흔들리고 자칫하면 가라앉기 십상이다.

이렇듯 부부는 모든 면에서 서로 조화調和를 이루어야 한다고 나는 생각한다. 바깥사람과 안사람을 뜻하는 한자漢字의 '사람 인人'자는, 부부는 일심동체一心同體로서 두 사람이 조화를 이뤄야만 완전한 사람이 된다는 것을 상징적으로 나타내고 있다. 또 부창부수夫唱婦隨라는 말은 지아비가 주장하고 지어미가 이에 따르는 것이 가정에서 부부 화합의 도리라는 뜻으로 널리 인용되고 있다.

서양에서도 부부가 서로 상대방을 지칭할 때 'Better half'라고 한다. 직역하면 '나보다 더 나은 반쪽'이란 말인데, 이는 서로 상대방의 인격을 존중하고 사랑하는 마음이 밑바탕에 깔려 있기에 가능한 좋은 표현이라고 여겨진다.

독일의 유명한 시인 라이너 마리아 릴케는 "훌륭한 결혼생활은 서로가 상대방에게 외로움을 일깨워주고 자신의 부족함을 인정하며 신뢰信賴할 때 이룰 수 있다"고 말했다.

이는 모든 화합의 시발점은 상호존중相互尊重이므로, 부부는 배우자에게서 서로를 갈라놓을 수도 있는 단점을 찾기보다는, 자신들을 좀 더 접근시킬 수 있는 장점을 찾도록 노력하고 그 장점을 소중히 여겨야 한다는 말일 것이다.

그러므로 참된 부부애夫婦愛를 이루기 위해서 남편과 아내는 상대방의 결점이라고 느껴지는 것을 비판하기보다는, 이해할 수 있는 의지를 길러야 한다. 부부가 서로를 알아주고 좋은 방향으로 감정을 소화시키며 나쁜 기억을 버리고 서로의 약점을 감싸주게 될 때, 참된 부부애는 시작된다고 나는 믿는다. 참된 사랑은 아까워하지 않으며 아픔을 이겨내고 희생까지도 기꺼이 감수甘受한다.

결혼생활에는 사랑이란 기쁨과 위안이 있고 내일을 기다리게 하는 용기와 희망이 있지만, 취미와 성격, 자라온 가정환경과 사회적 배경이 다를 수 있는 신랑과 신부의 공동생활은 그리 쉬운 것이 아니다.

2인 3각 경기가 쉽지 않은 경기라는 것은 우리 모두 운동회 등을 통해서 익히 알고 있다. 하지만 그 경기 자체가 어려운 것은 아니고, 경기를 하는 사람들이 이기적이고 협동심이 약하기 때문에 어렵게 되는 것이다. 이 경기를 훌륭히 치르려면 호흡을 맞춘다는 내적 일치성과 보조를 같이 한다는 협조와 이해, 그리고 '어깨동무'라는 있는 그대로의 상대방을 받아들이는 아량雅量과 관용寬容만 있으면 2인 3각 경기는 멋지게 해낼 수 있다.

부부관계는 가장 가까운 사이면서도 가장 소홀하게 대하기 쉬운 사이라고 한다. 왜냐하면 그것은 항상 함께 있다는 일종의 습관성^習慣性에서 배우자의 소중함을 잊기 쉬운 것이 인간의 속성^{俗性}이기 때문이다. 이 단조로운 삶의 습관성에서 벗어날 수 있는 방법 중의 하나가 바로 감사를 통한 서로의 인정^{認定}과 존경^{尊敬}이라고 나는 생각한다.

가정에 활력을 불어넣기 위해서는 가정의 모든 일에 대해 대화^{對話}하는 부부가 되어야 할 것이다. 대화는 상호 관심의 표현이며 또한 뭔가의 성취를 위한 협조로 이끄는 일임을 명심해 인간의 삶, 특히 부부생활은 '대화의 광장^{廣場}'임을 잊지 말아야 할 것이다.

부부 애정의 성숙과 가정의 평화는 남편의 너그러움과 아내의 참을성이 맺는 결실이다. 나는 가정의 평화^{平和}와 구원^{救援}은 어머니의 인내^{忍耐}와 아버지의 용서^{容恕}로 성취된다고 굳게 믿고 있다. 바오로 사도는 저 유명한 '고린토 전서 13장 사랑의 송가'를 통해 여러 가지 모습을 이야기하면서 "사랑은 오래 참습니다"라고 인내를 첫 번째로 내세울 정도로 인내가 사랑의 바탕이 되고 있음을 천명^{闡明}한 바 있다.

세상에는 많은 사랑이 있다. 그러나 그 중에서 가장 아름답고 소중한 사랑은 남편과 아내가 만들어가는 사랑이다. 부부사랑이야말로 세상에서 가장 기본이 되는 사랑의 뿌리이며 사랑의 시작이라고 생각한다. 이 세상에서 가장 큰 기쁨 중의 하나는 부부가 함께 나누는 사랑이다. 남편과 아내가 서로 자신을 완전히 내어 줄 때에만 부부관계는 진정한 기쁨을 맛보는 '축제^{祝祭}'가 되고, 가정은 행복의 보금자리가 될 수 있다.

가정은 또한 사회의 무질서와 반대, 그리고 모든 어려움을 피할 수 있는 피난처이고 평화의 터전이다. 집안이 안정되고 조화가 이루어진다면 바깥이 아무리 소란스럽고 서로 반대하여 설령 '지옥地獄' 같다 하더라도, 다 견딜 수 있고 모든 것이 아름답게 보일 것이라고 확신한다. 그러므로 우리 모두는 정신적·육체적으로 존재가치와 생명의 활력을 다시 찾기 위해서는 가정으로 돌아가는 길밖에 없다.

가정만이 기적처럼 모든 사람이 찾고 있는 기쁨을 우리 마음속에 꽃피울 수 있고, 자기 자신의 본래 모습으로 되돌아오게 한다. 모든 일이 순조롭고 평탄할 때는 부부간의 금슬琴瑟과 화합도 별 문제가 없다고 본다. 뭔가 어렵고 힘들 때 분쟁이 생기게 마련이다. 어렵고 힘들 때란 건강을 잃고 병들었을 때, 요즈음같이 경제가 어려운 시대에 사업에 실패했을 때나 실직했을 때, 부정不貞한 행위를 저질렀을 때 등이다.

그러나 참된 부부애는 오히려 이런 일이 있을 때 서로 용서로써 치유治癒하고 치유 받으며, 죄의 상처로부터 벗어나도록 한 걸음 앞선 애정과 연민憐憫으로 서로를 일으켜 세울 수 있다고 믿는다. 가정은 결코 순탄한 일만 있는 것은 아니므로, 부부는 서로 부족하기 때문에 하나가 되었다는 것을 잊지 말아야 한다고 생각한다.

지난 날 어느 책에서 본 구절을 인용하며 결혼의 의미意味와 가정의 소중함에 대한 나의 생각을 정리하고자 한다.

"세상에서 가꿀수록 아름다운 것은 정원庭園과 집안과 여자이며, 부부를 위해서 쓸수록 좋아지는 것은 사랑한다는 말, 고맙다는 말과 미안하다는 말입니다. 그리고 이 세 가지 말을 합하면 세상에서 가장 거룩한 말이 됩니다!"

커피 한잔과 담배

사람은 일반적으로 하루 세끼 식사를 한다. 체중관리를 특별히 하는 경우의 사람도 두 끼 식사는 하고 있다. 아무튼 최근에는 소식小食이 건강관리에 좋다는 인식이 널리 퍼지고 있다고 한다. 의학지식이 짧은 나는 선뜻 동의할 수 없지만, 집안 어른들께서 항상 강조하셨기에 사람마다 개개인의 특성과 환경에 따라 섭생攝生을 취하면 좋을 것이라는 생각이다.

지나간 나의 청춘시절을 더듬어보면 아침식사를 제대로 해본 기억이 별로 없다. 전날 밤의 야근이나 과음 등으로 인해 늦잠 자는 날이 많았기 때문이다. 출근시간에 쫓긴 나머지 숟가락 들기가 무섭게 뛰쳐나가야 겨우 정시출근이 가능했기 때문에, 여러모로 풍성한 아침 식탁을 기대하기란 애초에 그른 일이 아닐 수 없었다.

50줄에 접어든 나는 한 가지 확실한 원칙을 세워 놓았다. '아침식사는 가능한 한 많이, 그리고 여유롭게'가 바로 그것이다.

내가 이제껏 살아오면서 결코 잊을 수 없는 때가 있다면, 2009년 겨울 현대아산병원에서의 한 달여에 걸친 입원생활이다.

나는 초등학교 시절 빙상부 장거리 스케이트 선수를 시작으로, 핸드볼 선수, 중화중학교 축구부 부주장, '그라운드의 여우'로 유명한 전설적인 야구인 김재박 님의 대광고 야구부 후보 선수생활을 거쳐 야구 명문인 동국대 아마추어 야구부 리더, 사회에 나와서도 안산시의 각종 아마 야구대회 선수로 활동하는 등 체력적인 문제에 있어서는 누구보다 확실한 자신감이 있었다.

그럼에도 불구하고 2009년 겨울은 나에게 충격 그 자체로 다가온 한해였다. 진찰 결과 내가 몹쓸병에 걸렸다는 것이었기 때문이다. 사랑하는 가족도, 주변인들도 모두 제 귀를 의심하며 내게 병문안을 왔다.

한 달여의 입원생활은 짧았지만 나를 인간적으로 성숙시킨 고마운 시간이기도 했다.

그 때를 더듬어 보건대, 현대아산병원의 각종 첨단 장비를 갖춘 넉넉한 시설과 인근 한강 줄기의 아름다운 풍경에 둘러싸인 쾌적한 환경, 특히 병원에서 제공하는 식사가 나의 입에 맞아서인지 부지런히 삼시세끼를 꼬박꼬박 먹으며 치료에 전념할 수 있었다. 이 자리를 빌려 주치의 主治醫이신 이대호 교수님께 감사드린다.

병원 신세를 지는 동안 나와 동병상련 同病相憐의 정을 느끼는 많은 이들과 소중한 사귐도 있었다. 이들과의 진정 마음을 비운 지극히 진실한 소통 疏通은 나에게는 더할 나위 없이 소중한 시간들이었다. 이 때의 감동은 아마 내가 세상에 살아있는 한 영원히 가슴에 남아 있을 것이다.

그런데 정작 치료와 전혀 관계없는, 아니 치료와는 상극 相剋인 식후 연초 煙草의 해결이 문제로 대두되었다. 병원의 오직 한 곳뿐인 유일한 흡연 가능 지역에서 동병상련의 환자복을 걸친, 소위 말하는 입원 동기생들과의 허심탄회^{虛心坦懷}한 대화는 오직 진실만이 존재하는 소통의 장^場이 되었다. 세상의 온갖 우여곡절을 어느 정도 접어서 희석^{稀釋}시킬 수 있는 진솔한 소통이……

환자들은 이곳 유일한 흡연 장소에서 담배 한 개비를 나눠 피우며 따분하고 지루한 입원생활을 이겨내는 힘을 비축하곤 했다. 유일한 어려움은 담배를 끊는 조건으로 병수발을 들겠다는 집사람의 절규^{絶叫}를 외면해야 하는 것이었다. 운이 좋아서인지 그럭저럭 치료가 잘돼 퇴원을 하기위해 보따리를 싸는 중에 집사람의 엄숙하고 단호한 외침이 들려온다.

"당신 내가 그동안 보호자 생활하느라 지치고 힘든 거 아시죠? 환자들과 어려움을 이겨내기 위해 담배로 시름을 달래시는 것도, 이제 더 이상 집에서는 허용치 않을 테니 그리 아세요!"

농부들은 흙의 언어로 땅과 소통하며 열심히 세상을 살아간다. 어부는 거센 파도와 싸우고 때로는 대화하며 값지고 보람 있는 삶을 살고 있다.

예수님은 우리에게 말씀하신다. 늘 깨어있으라고…….

그때에 예수님께서 제자들에게 말씀하셨다. "그러니 깨어 있어라. 너희의 주인이 어느 날에 올지 너희가 모르기 때문이다. 이것을 명심하여라. 도둑이 밤 몇 시에 올지 집주인이 알면, 깨어 있으면서 도둑이 자기 집을 뚫고 들어오도록 내버려 두지 않을 것이다. 그러니 너희도 준비하고 있어라. 너희가 생각하지도 않은 때에 사람의 아들이 올 것이기 때문이다."

사후의 나의 편한 자세 확보를 위해 이런저런 욕심으로 한낱 소인배가 잠을 포기할 수 없듯이, 삼시 세끼 식사를 하게 해주심을 예수님께 감사드린다. 뱃속에서 포만감을 느낄 때 커피 한 잔, 그리고 담배 한 개비만이라도 마음 놓고 피울 수 있도록 배려해 주십시오.

　아, 아무리 생각해 봐도 나는 역시 게으른 '귀차니스트'요, 허접한 아류임에 틀림없는가 보다.

가정은 행복의 원천

인간은 사랑이 없을 때 외롭다고 느낀다. 부모가 자식을 사랑하는 마음이 클까, 아니면 자식이 부모를 사랑하는 마음이 클까? 많은 사람이 부모가 자식을 더 사랑한다고 착각하지만 사실은 자식이 부모를 더 사랑한다고 한다. 3~5살 아이들은 세상에서 부모가 전부다. 아이들은 부모가 좋아서 어디든 따라다니려고 하지만, 바쁘거나 귀찮다는 이유로 초등학교 6학년 때까지 아이들을 밀어낸다. 시간이 얼마 지나지 않아 전세戰勢가 역전逆轉될 지 까맣게 모르는 채 말이다. 나도 이런 사실을 수년 전부터 깨닫고 있는 중이다.

이후 아이가 중학교에 진학하면서부터 자식은 부모를 거절하기 시작한다. 사랑하는 것은 똑같은 마음이라 어린 시절 놀아주고, 안아주고 눈 마주치며 이야기를 들어주었던 부모에게서 자란 아이들은 엄마, 아빠를 미워하지 않는다. 자식이 부모를 밀어내는 태도의 원인은 부모라는 것이 아이러니컬하지만 사실이다.

아동심리학자들은 1~3살이 심리적 안정을 찾는 데 가장 중요하다고 말한다. 부모가 아이를 안아주고, 뽀뽀해주고, 하루하루 성장함에 따라 격려를 아끼지 않으면 아이들에게 세상은 믿을 만한 곳, 살 만한 곳이라는 믿음이 생기게 된다. 아이들은 아빠들이 목마를 태워주면 좋아한다. 높이 상으로는 2m가 넘는 곳에 올라가 있지만 심리적으로는 높은 곳에 올라와도 믿을 만하다는 안정감을 느끼게 된다고 한다. 일례로 자주 인구 人口에 회자 膾炙되는 얘기가 있다. 갓난아기는 엄마가 곁에 없으면 울지만, 아무리 칠흑 漆黑 같은 어둠속에서도 엄마가 옆에 있다는 감촉 感觸이 느껴지면 안도 安堵하고 평화롭게 쌔근쌔근 잠을 잘 잔다는 사실은 시사 示唆하는 바가 크다.

부모와 자식과의 유대 紐帶만큼 중요한 것은 부부 간의 사랑이다. 자식들이 품에 있을 때는 외로운 줄 모르다가, 하나 둘 곁을 떠나면서 외로움을 느낀다. 그래서 50살부터 100살까지 행복하게 살려면 젊었을 때 여행도 다니고, 즐거운 일들을 많이 하면서 추억을 쌓는 것이 무엇보다 중요하다. 부부가 함께 사는 맛과 사는 멋을 누릴 수 있어야 가정이 건강해진다.

부처님은 일곱 종류의 아내가 있다고 말한다. 남편을 죽이는 아내, 도둑과 같은 아내, 주인과 같은 아내, 어머니와 같은 아내, 누이동생과 같은 아내, 친구 같은 아내, 종과 같은 아내가 바로 그것이다. 이렇게 아내가 어떻게 하는가에 따라 남편의 삶이 달라진다. 왜 예전에 모 배우가 시청자의 심금 心琴을 울렸던 "남자는 여자하기 나름이에요!" 하는 상큼한 CF도 있지 않은가?

남편들도 아내에게 무조건적으로 잘 해줘야 한다. 아내들은 남편이 살림을 도와줄 때 행복하다고 말한다. 하루에 남자는 2,000마디, 여자는 6,000마디의 말을 한다고 한다. 서로 이해하기 어려운 조건이지만 이럴수록 대화하는 훈련이 필요하다고 생각한다. 부부가 사랑을 표현하고 서로에게 힘이 되는 말을 연습해 긍정적肯定的인 말만 주고받는다면 훨씬 풍요롭고 행복한 노후를 보낼 수 있을 것이다.

유대인의 지혜서인 〈탈무드〉에도 보면 인간의 조건은 가정을 귀중하게 여긴다는 것으로 나와 있다. 이에 의하면 남자의 첫째가는 책임은 가정에 있다. 동양적인 사고방식에도 '가화만사성家和萬事成'이라고 했듯이, 동·서양을 막론하고 보편적 가치는 일맥상통一脈相通한다. 이렇듯 남성의 생애生涯는 가정에서 시작한다고 해도 과언이 아니다. 사람은 먼저 자신의 건강을 유지하는 데 힘쓰고, 결혼하여 자식을 낳고, 자식들을 교육시키고, 부모를 봉양奉養하고, 벗들과 친교를 맺고, 그리고 선배에게 경의를 표하는 것이 책임이라고 하고 있다. 여기에 더해 자기 직업을 가져 사회에 대한 책임을 다하는 것까지 포함한다. 왜냐하면 경제적인 자립이 인간의 존엄尊嚴에 꼭 필요하며, 개인의 존엄을 확립하기 위해서는 필수 불가결必須 不可缺하다는 것을 뜻하고 있다.

가정이라는 확고한 '성城'을 가지고 있지 않으면서 자신을 충분히 표현할 수 있다는 것은 불가능하다. 그 이유를 〈탈무드〉는 이렇게 가르치고 있다.

"가정은 가장 작은 사회의 단위이다. 그곳에서 낙오落伍되는 사람은 큰 사회에서도 제대로 일을 할 수 없고, 큰 사회의 진정한 일부가 될 수 없다."

꿈과 열정의 첫 직장 대덕산업

사람들에게는 누구나 자기가 태어난 고향이 있기 마련이다. 사람들은 노스탤지어 Nostalgia : 향수 때문인지, 사람을 처음 대할 때면 흔히들 가장 먼저 고향을 묻곤 한다. 그러면 우리 고향은 참 좋은 곳이다. 경치가 좋고, 인심도 후한 곳이라는 둥 자신의 출신 고향에 대한 너스레를 떨기에 바쁘다. 간혹 동향同鄕 사람을 만날라치면 끈끈한 유대감을 유감없이 발휘해 고향에 대한 화제가 꼬리에 꼬리를 물어 시간가는 줄 모른다.

이렇듯 고향이야 두말 할 나위도 없지만, 이에 못지않게 중요한 것이 흔히 말하는 '제2의 고향'이다. 나에게도 '제2의 고향'이 있는데 현실적으로 따지면 가장 중요한 것이 아닌가 싶다. 경기도 안산시가 바로 내가 대학졸업 후 젊음을 불태웠던 곳으로, 나는 '제2의 고향'으로 꼽기를 주저하지 않는다. 안산은 나의 첫 직장인 대덕산업과 삼성전자가 동반성장을 이루어내 우리나라 IT산업의 초석을 다져 IT 초강대국으로 도약시킨 '약속의 땅'이다.

1984년 말 대학졸업 후 나는 주거지인 서울을 뒤로 하고 IT산업의 핵심인 PCB(인쇄배선회로기판)를 생산하는 안산의 대덕산업을 첫 직장으로 택해 그곳에서 사회 첫발을 내디뎠다.

아무튼 나는 시원치 않은 필기시험 성적에도 불구하고 70대 1이라는 기록적인(?) 경쟁률을 뚫음으로써, 공채2기로 무사히 사회에 첫발을 내딛게 된 것이다.

1984년 말 겨울에 열린 대덕산업 면접시험장에서 나는 최종면접에 임했다. 5명의 면접관들이 좌정坐定한 가운데 나를 포함한 5명의 지원자들은 딱딱한 걸상에 앉아 긴장된 표정으로 각자 면접 순서를 기다리고 있었다. 이윽고 2번째 순서인 나에게 면접관이 첫 질문을 던졌다.

"대학 때 동아리 활동은 무엇을 했나요?"
"예, 저는 야구동아리를 운영했습니다!"
나는 자신 있게 대답했다. 2번째 질문이 이어졌다.
"야구에서 희생번트가 뭡니까?"
'야구 마니아'를 자처하던 나는 면접관이 잇달아 나의 주특기인 야구에 관한 질문 공세를 펴는 데 고무鼓舞된 나머지 이미 피면접자라는 신분을 잊고 신이 났다. 나는 대학 4년을 야구동아리를 운영하며 지냈다. 동료인 '오리 궁둥이' 김성한 선수, '해결사' 한대화 선수 등과 교감交感하면서 진한 우정을 나누던 시절이었다.
"네, 희생번트란 내가 희생해서 동료와 팀을 살리는 매력적인 야구의 작전입니다!"

여타의 수험생은 5분 남짓했는데 나는 정확히 40분의 면접시간을 가진, 이른바 '심층深層' 면접이었다. 결과는 위에서 밝힌 바대로 70 대 1의 경쟁을 뚫고 당당히 합격의 영예를 안았다. 마침 그 무렵 회사가 안산으로 이전하는 바람에 잠시 입사를 고민하기도 했지만, 결국 입사하기로 결정하여 안산시와 귀중한 첫 인연을 맺게 되었다.

입사하고 며칠이 지났을 즈음의 추운 겨울날, 점심을 먹으려고 연탄난로에 도시락을 데우고 있을 때였다. 김정식 대덕그룹 회장님께서 들어오시더니 우리 신입사원들에게 말씀하셨다.

"회사와 국가의 산업발전이 오직 여러분의 두 어깨에 달려 있습니다!"

회장님의 말씀에 감명感銘을 받은 우리 신입사원들은 회사의 발전과 나아가 국가와 민족을 위해 열심히 일하겠다고 저마다 각오를 다졌던 기억이 지금도 새롭다.

나의 '제2의 고향' 안산은 그렇게 출발해 인연을 맺게 되었다. 정확히 10년간 나의 청춘을 보낸 곳, 고객사와의 약속을 이행하기 위해 삼성전자와 대덕산업을 잇는 포장도 없는 수인산업도로를 날마다 4~5차례 오가면서 청춘을 보낸 곳이 안산이다.

대덕산업은 당시 전철도 들어가지 않았던 경기도 안산에 있었다. 지하철 1호선의 끝자락이었던 금정역은 황량한 논밭 한가운데 비포장도로의 먼지가 휘날리는 곳이었고, 여기에서 또 버스를 타야 대덕산업으로 갈 수 있었다.

대덕산업은 국내의 대표적인 PCB업체로, 전자제품 내부에서 흔히 볼 수 있는 PCB라는 녹색회로 기판을 제조하는 회사다. 한국 IT산업의 산증인인 김정식 회장이 1972년 설립했으며, 대한민국을 오늘의 IT강국으로 탄생시키는 초석礎石이 된 회사라고 해도 과언이 아니다.

나는 안산의 대덕산업에서 퇴사 후 정확히 20년이 지난 2012년, 아주 우연한 기회에 다시 제2의 고향인 안산에 오게 되었다. 정확히 말하면 IT의 핵심부품인 SMT를 제조하는, 내가 사랑하는 후배 배광옥 사장의 배려配慮에 힘입은 바 크다.

지금 나는 매우 행복하다. 예전에 안산에서 회사의 발전을 위해 노심초사勞心焦思 하며 희노애락喜怒哀樂 을 같이 했던 머리가 희끗희끗해진 선후배들과 한잔 술로 중년의 허전함을 달래며 지난날들의 모든 기억들을 미소와 웃음으로 맞이하는 시간들이 너무 좋다. 제2의 고향에 와서 독거獨居 노인을 위한 직원들과 공감하면서 나름대로 사회에 동참한다는 자그마한 자부심自負心 을 느끼며 지내고 있다. 또한 대덕에서 젊음을 보내고 퇴사한 선후배들의 친목회인 '대친회'를 조직해 퇴직 임직원들의 친목을 도모하고 있다. 세월이 흐르다보니 '대친회' 멤버도 어느덧 80여 명에 이르러, 한번 모이면 한잔 술을 곁들여 옛날 대덕에서 근무하던 시절을 회상回想 하며 이야기꽃을 피운다.

김정식 회장님, 감사합니다!

저에게 첫 직장을 허락해 주시고, 강한 스파르타식 훈련으로 어지간한 세파世波의 시련試鍊에도 흔들리지 않는 강인强靭한 정신력과 함께 힘을 키워 주셨습니다. 회장님께서 제게 주신 귀한 가르침을 평생 금과옥조金科玉條 처럼 간직하며 살겠습니다.

존경하는 회장님!

항상 건강하셔서 만수무강萬壽無疆 하시고, 대덕그룹의 무궁無窮한 발전을 축원祝願 드립니다.

주말부부와 홀로서기 훈련

　결혼한 지 벌써 20년 세월이 훌쩍 지나갔지만 나는 지금 객지에서 훈련 중이다. 나의 기억 속에 조직에 몸담고 있을 때 출장과 연수 등을 제외하면, 그동안 외박한 횟수는 손가락으로 겨우 꼽을 정도이다.

　이북 분이셨던 아버지가 항상 강조하신 말씀은 "남자는 밥은 밖에서 먹더라도 잠은 꼭 집에서 자야 한다!"는 것이었다. 나는 아버지의 이 가르침을 금과옥조金科玉條처럼 마음속에 새기면서 최대한 지키느라 노력해왔다.

　지금 나는 서울 하계동 집에서 안산에 있는 회사까지 너무 떨어져 있는 관계로, 결혼 후 처음 집사람하고 주말부부 생활을 하고 있다. 더러는 서로에게 늦게나마 이렇게 떨어져 있는 시간이 필요할 때도 있다는 데 한 가지 위안을 삼으면서 말이다.

　가끔 집사람에게 묻는다.

"주말부부 어때?"

"심심해요!"

좋아서 입이 벌어진다. 새빨간 거짓말(?)인 줄 뻔히 알지만, 그래도 기분은 좋다. 우리 부부는 겨우 일주일 만에 만나 반주로 곁들인 한 잔 술에 너스레를 떤다. 마치 서로를 탐색이나 하듯이……

문제는 나다. 처음 해보는 객지생활에 좀처럼 적응이 안 된다. 어설픈 외로움도 문제이지만 기상과 동시에 맞닥뜨리는 온갖 일들이 낯설기만 하기 때문이다.

'오늘 아침밥은 어떤 걸로 해야 하나? 그래, 라면이 좋겠다. 일단 편하니까!'

한참을 더듬어 찾은 TV 리모컨으로 뉴스를 보며 혼자 중얼거린다.

"어떻게 사람의 탈을 쓰고 저런 흉악무도한 범죄를 저지를 수 있을까? 저런 놈은 당연히 사형시켜야 돼! 어이구 저런, 또 대형 폭발사고가 났네! 인명피해가 심각하네!, 저렇게 유명한 사람이 저런 못된 일을 저지를 수 있을까? 세상에 믿을 사람 없다더니, 말세네 그려."

이러다 보면 아침시간은 정말 빠르게 지나간다. 나는 스스로에게 재촉한다.

'사무실 늦겠다. 빨리 가자!'

나는 직원들보다 조금이라도 빨리 출근하는 것이 회사 사장으로서 자긍심自矜心을 높일 수 있다는 확신을 가지고 있다. 출근하는 여직원들과 반가운 눈인사를 나누며 제법 널찍한 사무실로 들어와 푹신한 의자에 몸을 기댄다. 직원이 정성스레 타 주는 커피 한잔과 이어지는 담배 한 모금을 내뿜는 순간 '행복은 멀리 있는 게 아니라 가까이 있는 게 확실해!' 하면서 자기만족에 취한다.

'참, 어제 미국시장이 안 좋아서 몇 푼 보유한 주식을 그나마 땡치는 게 아닌가? 아직은 괜찮구나, 휴! 다행이네.' 나는 깊은 안도의 숨을 내쉰다.

'그런데 그 친구 종목은 박살이 났구나! 위로전화라도 해줄까?'

오늘은 무슨 특별한 소통의 대상이 있나? 있어야 좋은데 아무리 더듬어 봐도 없다. 순간

"네가 하는 일이 아무리 보잘 것 없을지라도 열정을 쏟아라!"

안산에서 사업을 일구며 출발할 때 내게 해준 선배의 조언을 새삼스레 가슴에 새기며 기술적인 면과 흐름 등에 관해 관련서적을 뒤적이다 보면 어느덧 점심시간이다.

"사장님, 식사하시죠!"

"네, 갑시다!"

"오늘은 뭘 드실까요?"

"김치찌개, 굿! 안산에서, 아니 대한민국에서 김치찌개 제일 잘하는 '대풍 大豐'으로 갑시다!"

지금은 4월, 봄이다. 그런데 '춘래불사춘 春來不似春'이라더니, 따뜻해야 할 날씨가 실종되고 예년 겨울을 방불케 해 아침저녁으로 갈아입을 옷 고르기가 영 마땅치 않다. 유달리 추웠던 지난겨울은 이런 봄을 예고하기 위함이었던가 하고 투덜거려본다.

세상사 뭔가에 소외감을 느낄 때 사람은 가장 힘들다고 했던가.

중년의 허전함, 그리고 앞으로 살아갈 남은 세월!

세상에 태어나 세상을 향해 삿대질하며 자신의 흔적을 남기고자

최선을 다하고픈 갈등이 마음 한구석에 자리 잡는다.

2013년 화사한 봄에, 삶의 진정한 성공이란 뭘까 하고 생각해 본다.

'수신제가修身齊家'까지는 익히 알고 있으나, 나를 주춤주춤하게 만드는 것은 역시 '치국평천하治國平天下'라는 대목인가?

'나'라는 존재는 국가 경영은 고사하고 기업 경영에 있어서도 함량 미달의 존재라는 사실을 스스로 명확히 알고 있다. 결코 내가 스티브 잡스가 될 수 없고, 이건희 회장이 될 수 없다는 데서.

그러나 나는 나다! 뒤집어 생각하면 그들도 결코 내가 될 수 없으니 말이다.

주변에 존경하는 선배 두 분이 계시는데, 우연히 20대부터 선배로 모셨던 분들이다. 그런데 공교롭게도 두 분 모두 교회에서 열심히 봉사하시는 장로님은 다름 아닌 권오식 장로님과 최순규 장로님이시다. 여러모로 가르침을 주시는 두 분께 진심으로 감사드린다.

아주 가끔 중년의 허전함에서 비롯된 나의 상담 비슷한 주절거림에 대해 두 분이 하시는 고언苦言이 있다.

"인간은 아주 나약한 존재라네. 이를 보살펴 주시는 분이 하나님이시네!"

가끔은 한 잔의 소주를 기울이는 자리에 동참하며 들려주신다.

"예, 좋은 말씀 감사합니다, 선배님들!"

그러나 나는 결코 그 길을 가지 않음을 알면서…….

"남은 세월 답을 찾지 못하면 야산 중턱에 초가집 짓고 좋아하는 불독과 살겠습니다. 제가 개띠잖아요!"

20년 무사고 운전과 대중교통

나도 한창 청춘을 구가謳歌 할 때는 파란색 스텔라를 폼 잡고 운전하며 목에 힘 줄 때가 있었다. 신호 대기로 정차해 있을 때 괜히 주변의 시선을 끌고픈 '소영웅 심리'가 스멀스멀 살아나 발동했다. 영하 십 몇 도의 추운 날씨에도 아랑곳하지 않고, 창문 확 열어젖히고서는 담배 한 대 피워 물고 내가 주연인 영화의 한 장면을 연출하곤 했다.

지금 생각해 보면 그때의 '객기客氣'가 멋쩍어 절로 쓴웃음이 나오지만, 그때는 나름대로 '어떻게 하면 더 멋있게 보일까'하는 일념에 자못 심각했었다. 그렇게 운전을 좋아하던 내가 몇 년 전 어느 날 갑자기 운전이 하기 싫다고 느껴졌을 때 차를 팔아버렸다. 그래도 명색이 20년 무사고 오너였는데…….

그 이후 나의 이동수단은 전철과 버스로 바뀌었는데 운전할 때보다 그렇게 편할 수가 없어 정말 좋다.

시외버스를 탈 경우 티켓판매 창구 아가씨에게 정중히 부탁한다.

"로열 석으로 주세요!"

귀엽게 생긴 아가씨가 갑작스럽고 황당한 주문에 적이 놀란 듯 눈을 동그랗게 뜨고 되묻는다.

"어디가 로열 석인가요?"

"기사 아저씨 바로 뒷좌석이요. 감사합니다!"

가끔 시외버스를 탈 때면 '혹시 옆자리에 경국지색傾國之色의 미인이 타고 있으면 얼마나 좋을까!' 하는 야심찬(?) 바람도 가져 보지만, 나의 '영웅본색'이 부담스러웠던지 신神은 아직 한 번도 허락하시지 않았다(그런데 이런 기대는 나만 하는 건가?). 미인은커녕 서로 대화가 통하는 여성을 만나기도 쉽지 않다. 아마 확률론적으로 따져 볼 때 백만분의 일 정도는 되지 않나 싶다. 그럼에도 매번 이런 행운을 기다리는 것은 왜일까? 이런 나의 심리心理는 참 알다가도 모를 일이다!

그러나 목적이 있는 여행이든, '나'를 찾아 나선 여행이든 여행은 즐겁고 행복하다. 버스에 올라타 내 자리에 앉아서 햇빛을 피하기 위해 커튼을 치고 스마트폰에 이어폰 연결한 후 비틀즈의 전곡全曲을 듣노라면 어느새 목적지다.

문득 경춘선을 타고 기타 하나 둘러메고 강촌폭포를 여행하며 낭만을 꿈꾸던 대학 시절이 그립다. 그 이후 치열한 생존경쟁의 사회 현실 속에서 승리의 쟁취만이 오직 '최고의 가치요, 선善'인 양 세상은 나를 부추겼더랬다. 그러나 내 나이 쉰다섯에 다시 모순矛盾이 지배했던 젊은 그 시절로 되돌아가고픈 것은 단순히 당시의 향수어린 정서情緖 때문일까, 아니면 누군가 '인간은 회귀 본능에 젖는 것이 본질'이라고 정의 내린 결론이 맞는 것일까? 어쨌거나 그때 나의 눈에 비친 감동적인 광경은 어느 시골에 있는 외진 기차역 대합실 모습이었다. 멀리 있는 자식들에게 주려고 무거운 옥수수를 부대에 담아 대합실 벤치에 비스듬히 누워 이제나 저제나 기차를 기다리며 한숨 달래는 노부부의 정경情景이 내 눈에 들어왔기 때문이다.

그래, 내일은 나도 묘한 기대를 안고 기차여행이나 하자.

요즘은 전철, 특히 7호선을 애용하다 못해 사랑한다. 우리 집이 있는 하계동에서 잠실로, 또 회사가 있는 안산으로……. 전철을 타고 다니다보니 우리나라 전철 망網도 그런대로 네트워크가 잘 형성된 것 같은 생각이 든다. 1호선에서 9호선까지, 또 분당선을 비롯해 중앙선, 인천1호선, 공항철도에 이르기까지 환승역을 통해 어디든 갈 수 있기 때문이다.

하계역에서 2정거장 가면 태릉입구역이 나와 6호선으로 갈아탈 수 있고, 조금 더 지나 군자역에서는 5호선으로 바꿔 탈 수 있다. 또 건대입구역에서는 2호선을, 고속터미널에서는 3호선과 9호선을, 이수역에서는 나의 회사가 있는 곳으로 가는 4호선을 탈 수 있으며, 가산디지털단지역에서는 1호선으로 바꿔 탈 수 있는 시스템을 갖추고 있어 편리하다.

그런데 요즘은 나에게 소리 없이 찾아온 '비문증'이란 증상으로 인해 시력이 급속도로 약화된 것이 일종의 호사다마好事多魔라고나 할까? 이로 말미암아 나는 전철을 탈 때마다 세월의 덧없음과 아울러 비정함을 엄청나게 느낀다. 행선지 한글이 어렴풋이 보여 환승역에서 갈아 탈 때는 매번 헤맨다. 이쪽으로 가는 게 맞는지, 저쪽으로 가는 게 맞는지 출구가 잘 안 보여 어려움이 한두 가지가 아니다. 이

건 뭐 경제계에서 얘기하는 '출구전략'도 아니고……

옛말에 '몸이 천 냥이면 눈은 구백 냥'이라더니, 나에게 이런 시련이 올 줄은 정말 몰랐다. 그래서 나는 오늘도 지하철에서 다짐 아닌 다짐을 하고 있다.

"내일은 꼭 한 방에 출구를 찾자!"

아래 유머는 내가 운전하고 다닐 때 어디선가 본 것을 메모해 놓은 것인데, 지금도 가끔 유머의 수준이 상당히 높아 나 혼자 실실 웃으며 그 당시를 회상하곤 한다.

내 마누라 맞아?

남편이 아내를 태우고 고속도로를 달리고 있는데 교통순경이 차를 세웠다.

순경 : "전조등을 켜지 않았습니다. 위반입니다."

남편 : "계속 켜고 왔는데, 방금 껐어요."

아내 : "아니에요. 사흘 전부터 고장 나 있었어요."

순경 : "그리고 140km로 달렸습니다. 과속하셨습니다."

남편 : "안 그래요. 80km로 달렸는데요."

아내 : "아니에요. 140km로 달린 거 맞아요."

남편 : "이 우라질 여편네가! 입 닥치지 못해?"

순경 : "남편의 말버릇이 거칠군요. 항상 저런가요?"

아내 : "평소에는 얌전한데, 술만 마시면 저렇다니까요!"

고속도로의 노인

어느 노인이 아들네 집에 가려고 차를 몰고 고속도로를 달리고 있는데, 아들에게서 전화가 왔다.

"아버지, 지금 고속도로에 계시죠?"

"그래, 왜?"

"지금 어떤 차 한대가 고속도로에서 역주행하고 있다고 뉴스에 나왔거든요, 조심하시라구요!"

그러자 노인이 대답했다.

"그것 참 정신없는 놈이구만. 그런데 한대가 아니다. 수백 대가 전부 역주행 하고 있어!"

갯벌의 추억

나는 바다가 좋다. 휴가철 '도시탈출'을 하기 위해 산과 바다 중 한 곳을 선택할 때 나는 주저 없이, 순간의 망설임도 없이 바다를 택한다. 바다는 어머니의 품처럼 한없이 드넓고 포근하다. 시냇물에서 시작해 강물에 이르는 온갖 종류의 물을 조건 없이, 차별 없이 다 받아준다. 그래서 '해불양수 海不讓水 : 바다는 물을 사양하지 않는다'라는 사자성어도 생겨나게 되었나 보다.

"여보, 우리 갯벌로 여행 갑시다!"

아내도 내가 워낙 바다를 좋아하는 것을 알기 때문에 우리 부부는 바다 구경을 자주 간다. 바다에 가면 모든 시름이 눈 녹듯 사라지고 마음속에 평화와 안식이 찾아오기 때문이다. 특히 서해안에서 석양 夕陽을 바라보며 수채 水彩 그림물감을 곱게 풀어놓은 듯한 낙조 落照를 감상하는 것은 빼놓을 수 없는 큰 즐거움의 하나다.

오래 전에 생명이 살아 숨 쉬고 꿈틀거리는 드넓은 바다와 개펄을 체험하기 위해 군산시 옥도면에 있는 선유도 仙遊島를 찾은 적이 있다. 선유도는 자연의 신비를 간직하고 있는 비경秘境과 풍부한 먹거리, 숱한 얘깃거리를 잉태孕胎하고 있는 멋진 섬이었다.

선유도는 풍광風光이 너무나도 아름다워 '신선이 내려와 바둑을 두며 놀았다'는 전설이 있다. 특히 맨발로 한번 밟아보지 않고는 못 배길 '명사십리明沙十里'길과 황홀한 서해의 낙조는 단연 압권壓卷이었다. 나는 바다 중에서도 서해바다를 좋아하는데, 고등학교 국어 시간에 배웠던 이태극 선생의 '서해상의 낙조'란 시조가 뇌리腦裏를 스친다.

서해상의 낙조 落照

어허 저거, 물이 끓는다. 구름이 마구 탄다.
둥둥 원구圓球가 검붉은 불덩이다.
수평선 한 지점 위로 머문 듯이 접어든다.

큰 바퀴 피로 물들며 반 남아 잠기었다.
먼 뒷섬들이 다시 환히 열리더니,
아차차, 채운彩雲만 남고 정녕 없어졌구나.

구름 빛도 가라앉고 섬들도 그림진다.
끓던 물도 검푸르게 숨더니만,
어디서 살진 반달이 함艦을 따라 웃는고.

선유도에 유배당한 충신이 매일 산봉우리에 올라 북쪽 한양에 계신 임금을 그리워하며 한양 쪽을 하염없이 바라보다가 그대로 돌이 되고 말았다는 '망주봉'과 큰비가 오고나면 물길이 갈라져서 무려

10개의 폭포가 생성生成된다는 '망주폭포'도 유명하다. 그리고 '고군산군도 황금어장'으로 불리는 장자도 갯바위 등에서 즐기는 바다낚시는 '강태공姜太公'들을 끊임없이 유혹하고 있다. 섬 전체가 암석 구릉丘陵으로 뒤덮은 장자도의 빼어난 경관景觀은 보는 이들의 탄성歎聲을 자아내기에 충분하다.

선유도는 또 우리 민족의 성웅聖雄인 충무공 이순신 장군과도 각별한 인연이 있는 곳이다. 임진왜란이 막바지로 치닫던 선조 30년 1597 9월 21일 충무공은 명량해협의 '울돌목'에서 기적과도 같은 승리를 거둔 후 지친 몸을 추스르고 부서진 배의 수리를 위해 선유도에 닻을 내렸다고 전한다.

선유도가 갖고 있는 이런 천혜天惠의 풍경도 좋지만 살아있는 바다생물의 보고寶庫인 갯벌에서 노니는 재미는 가히 일품逸品이다.

간만干滿의 차가 심한 선유도와 무녀도는 썰물 때가 되면 광활廣闊한 갯벌이 펼쳐진다. 갯벌에서 희희낙락喜喜樂樂하며 바지락을 캐고, 맛조개와 우렁을 잡다가 운이 좋으면 멍게도 줍는다. '아, 살아있어 행복을 누린다는 게 이런 것이로구나!' 하는 느낌이 절로 드는 순간이다.

한적한 바닷길을 산책하던 중에 갯벌에서 먹거리를 캐는 아낙의 모습이 내게 더없는 마음의 풍요로움을 안겨주었다. 순간 그 아낙과 행동을 같이 하고 싶다는 강한 유혹이 엄습掩襲한 나는 앞뒤 생각하고 말고 할 겨를도 없이 절벽을 훌쩍 뛰어넘어 아낙의 행보行步에 동참하고 말았다.

한참 바지락 캐는 재미에 도취陶醉될 즈음, 아낙이 내게 한마디

한다.

"아저씨, 돈 내세요. 가져가실 거면……."

나는 갑자기 정신이 들어 '아, 큰 실수 했구나!' 하는 생각이 들었다.

"죄송합니다. 잘 몰라서 그랬습니다!" 하고 백배百倍 사과하는데, 누님뻘 되는 다른 아주머니 한 분이 오신다.

나는 또 긴장하며 속으로 '또 용서를 구해야지' 하는 순간 그 누님이 "이거 가져가세요!" 하시는 게 아닌가. 마음이 약한 나는 순간 나도 모르게 눈물이 주책없이 왈칵 솟아 뺨을 적시는 것을 느꼈다.

"누님, 약속합니다. 꼭 한번 찾아뵐게요!"

스마트폰 시대 유감

21세기의 첨단尖端을 달리는 오늘날 현대 문명의 총아寵兒에는 여러 가지가 있겠지만, 그 중에서 가장 각광脚光을 받는 기기機器를 꼽는다면 아마 스마트폰이 아닌가 한다.

우리나라가 세계 IT 강국으로 우뚝 선 요즈음은 국민 누구나 쉽게 스마트폰을 손에 넣을 수 있는 세상이다. 밖에 나가보면 거리 어디에서나 길을 걷든, 서서든, 혹은 앉아서든 대화면 대화, 문자는 문자대로 동시에 '접속接續'하는 것을 흔히 볼 수 있다.

신문기사를 읽으면서 야구 중계방송을 동시에 보는 것은 물론, 사진이나 음악, 동영상 등 온갖 종류의 미디어를 주고받으면서 상대방과의 대화까지 가능한 만능萬能의 시대가 도래到來했다.

나만 해도 스마트폰에서 울리는 알람소리로 하루를 시작하고 있다. 스마트폰으로 어제 다운받은 음악을 틀어놓고 샤워를 마친 다음 서둘러 회사로 향한다.

요즘 자가용 운전을 접고 대중교통을 이용하는데, 전철을 탈 경

우 스마트폰으로 노선을 검색檢索하면 시내 어디로 가건 복잡한 환
승역까지도 단박에 알 수 있다. 버스도 마찬가지다. 버스정류장에 도
착한 후에는 버스관련 애플리케이션을 클릭해서 내가 타야 하는 버
스가 언제 도착하는지 알아본다. 버스에 올라타서 지난밤에 도착한
메일은 없는지 확인하고, 오늘의 주요 일간지 헤드라인을 검색한 후
기사를 읽어본다.

회사에 도착해서 스마트폰에 메모해 두었던 오늘 하루 일과를 확
인해 본다. 오랜 만에 친구를 만나 술로 회포懷抱를 푼 다음날은 회
의에 집중하기가 쉽지 않지만, 스마트폰으로 회의내용을 녹음해 휴
식을 취한 다음 듣는다. 거래처를 방문할 때도 스마트폰으로 위치를
검색한 뒤 가장 빠른 길을 확인한다. 업무를 마치고 돌아오는 길에
는 직원에게 관련 업무내용을 이메일로 보내 필요한 조치를 취하도
록 지시指示한다.

이외에도 스마트폰은 게임을 할 수도 있고, 가족들과 함께 영화를
보러 갈 때 관련 애플리케이션을 클릭해서 영화예매를 하고, 관람
후 주변 맛집 정보를 검색하고 예약하는 등 이제 생활의 필수품必需
品이 됐다.

그러나 스마트폰이 이렇게 좋은 순기능順機能만 있는 것은 아니다.
물론 기능면에서야 나무랄 데 없지만, 문제는 이 문명의 이기利器를
사용하는 우리의 태도라고 본다. 전철을 타건, 버스를 타건 시도 때
도 없이 울려대는 그 놈의 휴대폰 소리는 소음騷音을 넘어 공해公害
다. 여러 명의 휴대폰이 동시에 울릴 때면 이건 마치 지구에 외계인
이 침입해 '사이버 전쟁'이라도 일어난 것 같다. 벨 소리는 또 얼마나

다양^{多樣}한가? 너도나도 좋은 벨소리로 상대방의 심금^{心琴}을 울리려고(?) 하는지는 모르겠으나, 소리공해 챔피언을 뽑는 경연장을 방불^{彷彿}케 한다. 이제는 우리 사회도 시민의식^{市民意識}이 성숙할 때도 됐다. 제발 '진동^{振動}모드'로 전환해 옆 사람을 배려^{配慮}하는 '자리이타^{自利利他}' 정신을 발휘해 주었으면 하는 바람이다.

또 통화를 할 때는 여러 사람이 함께 타고 있으니 속삭이듯 소곤소곤 말하는 것이 타당^{妥當}하거늘, 이에 익숙하지 않은 대부분의 사람들은 '볼륨 조절'에 실패해 데시벨^{Decibel}만 한껏 높여 듣는 이들의 이맛살을 찌푸리게 하는 것이 다반사^{茶飯事}다.

이런 장면을 자주 목격^{目擊}할 때마다 스마트폰에 대해 회의^{懷疑}가 일어나곤 한다. 삼국지^{三國志}에서 위^魏나라의 조조^{曹操}는 촉^蜀나라 유비^{劉備}와 한중^{漢中} 땅을 놓고 싸우면서 진퇴^{進退}를 놓고 깊은 고민에 빠져 있을 때 '계륵^{鷄肋}'이라고 내뱉었다. 큰 쓸모나 이익은 없으나 버리기는 아까운 것을 비유하는 고사성어^{故事成語}다. 지금 내가 스마트폰을 대하는 심정이 바로 이 '계륵'같은 것이다. 스마트폰을 버리자니 아깝고, 또 현실에서 소외^{疏外}당할까 두려운 마음도 솔직히 있다. 그러나 간혹 티낸다는 소리를 듣는 대상이 되기 싫고, 가볍지 않은 무게 때문에 무거운 주머니가 부담되기도 한다.

지난날 1960년대 전화 회선이 부족했던 시절에 '청색전화(판매가 금지된 전화)', '백색전화(자유로이 사고 팔 수 있는 전화)' 하던 시대가 그립다. 이후 '삐삐' 호출시대를 거쳐 휴대폰, 이제는 스마트폰이 대세^{大勢}지만, 음악판도 지금의 CD판보다는 LP판이 향수^{鄕愁}를 달래줘 그립다. 나날이 발전하고 있는 디지털시대에서 아날로그시대를 그리워하고 있는 것은 무엇을 말하는가? 나는 '온고지신 溫故知新'에서 그 해답을 찾고 싶은 것이다.

얼마 전 나에게는 스마트폰을 쓰지 말아야 할 또 하나의 이유가 생겼다. 세계가 인정한 '기억력의 천재'인 이스라엘의 에란 카츠가 지난 2013년 5월 28일 방한 訪韓 해 한 말이 그것이다.

"스마트폰이 똑똑해질수록 사람은 더 멍청해진다!"

말의 중요성과 힘

우연히 가톨릭 평화방송 채널을 돌렸다가 '황창연 신부의 행복특강'이란 프로를 감명感銘 깊게 보았다. 나는 가톨릭신자는 아니지만 말의 중요성에 관한 좋은 말씀이어서 열심히 메모를 해 가며 경청傾聽했다.

인간이 살아가면서 말처럼 중요한 것이 없다. 한집에 사는 식구라 해도 말이 안 통하면 남남처럼 지내기 마련이다. 사회나 국가에서도 말이 안 통하면 힘 센 자들의 독재로 흘러갈 수 있다. 국제관계에서는 말이 안 통하면 전쟁이 일어나기도 한다. 정치인들이 입버릇처럼 말하는 소통疏通, 즉 커뮤니케이션Communication 은 다름 아닌 서로 말이 통하게 하자는 뜻이다.

사람은 말 한마디에 인생이 바뀌기도 한다. 박지성 선수는 수원공고 시절부터 축구 실력이 뛰어났지만, 프로축구팀은 물론 대학에서도 그의 가치를 알아보지 못했다. 그 후 박 선수는 히딩크 당시 국가대표 감독을 만나 제2의 인생을 살게 된다. 프로선수도 아니고 유망주도 아니었던 박 선수를 뽑았던 히딩크는 비난 여론을 감내堪耐해야 했다.

미국 골든컵에서 부상을 입고 좌절挫折하고 있던 박 선수에게 히딩크는 통역을 통해 한 마디 건넨다. "당신은 훌륭한 선수가 될 자질이 있다." 박지성 선수는 자서전自敍傳에서 1분의 칭찬이 자신의 인생을 바꿔놓았다고 고백한다. 그때부터 자신 있게 모든 경기에 임했던 박지성 선수는 세계적인 축구 명문 구단인 영국 맨체스터 유나이티드에서 뛸 만큼 세계적인 축구선수가 됐다.

말과 말하는 사람에는 등급이 있다. 생명을 살리는 '말씀'을 하는 사람이 있는가 하면, 좋은 열매를 맺는 '말씨'를 뿌리는 사람, 기분을 나쁘게 하는 '말투'를 가진 사람이 있다. 우리가 어떻게 말을 할지는 자명自明하지 않은가.

자살을 결심한 천주교 신자 한 명이 죽기 전 마지막으로 미사에 참례하러 성당에 갔다. 그날따라 신부님 강론講論 말씀이 자기의 속을 들여다보기라도 했는지, 구구절절이 자신에게 위로와 용기를 줬다. 결국 마음을 바꿔 성당을 나오면서 "내가 죽긴 왜 죽어? 세상은 이렇게 살기 좋은데" 하면서 열심히 살아보기로 했다. 이것이 바로 생명을 살리는 '말씀'이다.

마틴 루터 킹 목사는 1960년 흑인에게 투표권이 주어지지 않았을 때, 'I have a dream'이라는 연설로 많은 흑인의 가슴에 희망을 심어줬다. "나는 피부색으로 사람이 평가받지 않고, 그 사람의 인격에 의해서 평가받는 세상이 오기를 꿈꾸고 있습니다." 그 유명한 연설은 오늘날 미국사회가 버락 오바마라는 흑인 대통령을 선출하는 역사로까지 발전하는 데 큰 몫을 한 '말씀'이 됐다.

말을 가장 험하게 주고받는 관계는 가족 간이다. 특히 자식이 부모 뜻대로 되지 않을 때 말을 함부로 하는 경우가 많다. 공부를 못하면 죄인으로까지 여기는 대한민국 자식들에게 좋은 말로 격려해 주는 부모가 얼마나 있을까? 용기를 북돋워 주는 말을 들으면서 자란 청소년들은 어디서나 당당하게 살아갈 자신감自信感을 얻는다. 특히 어린아이에게 무심코 내뱉은 말씨는 그 아이 인생을 결정하기도 하는 엄청난 파괴력破壞力을 가지고 있다는 것을 우리는 명심해야 한다.

2009년 한 방송사에서 한글날을 맞아 재미난 실험을 방송한 적이 있다. 밥을 지어 한쪽에는 아나운서들이 '고마워', '사랑해', '보고 싶었어' 같은 긍정적 말을 하게 하고, 다른 한쪽에는 '꼴 보기 싫어', '쳐다보기도 싫어' 라는 부정적 말을 하도록 했다. 한 달이 지나자 놀라운 일이 벌어졌다. 좋은 말을 한 밥에는 향기가 나는 하얀 누룩이 핀 반면, 부정적 말을 한 밥은 새카맣게 썩어버렸다. 하물며 밥도 말 한마디에 이처럼 민감하게 반응하는데, 사람이야 더 말해 무엇 하겠는가?

현대인들은 입만 열면 "힘들어 죽겠다" "이렇게 사느니 죽는 게 낫다"는 말들을 너무 많이 남발濫發하며 살고 있다. 살아가는 일이 얼마나 큰 축복祝福인지 모르는 채 복을 날려버리는 말 한마디가 될 수 있다. 좋은 말에는 복이 따라오게 되어 있다. 인간의 운명까지도 갈릴 수 있는 말 한마디에 기왕이면 복을 담을 수 있어야 하겠다.

그러면 어떻게 하면 좋은 대화를 더 잘할 수 있을까?

첫째, 상대방 말에 귀를 기울여傾聽 들어라. 고민 상담의 대부분은 들어주는 데서 시작한다. 30~40살 넘어서 자신의 고민에 대한 답을 모르는 사람은 거의 없다. 동조해주고 공감해주며 듣다 보면 고민에 대한 답을 스스로 찾아가는 사람들이 많다.

둘째, 상대방을 이기려 하지 마라. 대부분의 사람들은 대화하다 다른 의견이 개진開陳되면 설득해서 이기려고 한다. 함께 사는 가족도 설득하기 어려운데, 하물며 전혀 다른 환경에서 사는 사람들을 설득한다는 것은 결코 쉬운 일이 아니다. 사람은 웬만해선 변하지 않는다는 특성이 있다.

인생을 살다 보면 무시해야 하는 이야기들도 많다. 일례로 야구에서 좋은 타자는 자신에게 적합한 공을 잘 골라내는, 즉 '선구안選球眼'이 뛰어난 선수다. 하늘로 솟는 공, 땅으로 꺼지는 공, 뒤로 빠지는 공 중에서 스트라이크만 골라 쳐도 3할을 치기 어렵다. 인생도 마찬가지다. 사랑하는 사람들에게 마음을 빼앗겨야지, 소모적인 대화에 에너지를 쏟는 것은 어리석은 일이다.

셋째, 지는 법을 배워라. 대한민국 국민이 잘못하는 것 중의 하나가 바로 이것이다. 모두가 이겨야만 하고, 다 잘해야 한다는 강박관념强迫觀念에 사로잡혀 있다. 지는 법을 가르쳐주면 아이들은 잘 살게 되어 있다. 어른부터 어린아이까지 지는 법을 제대로 알고 있는 사람은 드물다.

넷째, 한쪽 말만 듣고 판단하지 마라. 상황 전체를 보지 않고 쉽게 판단하면 바보가 되기 쉽다. 신앙생활을 하면서도 잘못된 소문에 휩쓸리면 영혼이 망가지는지도 모르고 지낼 수 있다.

다섯째, 끝을 좋게 맺어라有終의 美. 살다 보면 사람들과 사이가 나쁠 때가 있다. 아무리 속이 뒤집어져도 좋은 말을 하고 헤어져야 한다. 성경 속 인물 중 가장 말을 잘못한 사람을 뽑는다면 예수님 십

자가 왼편에 매달린 죄수다.

그는 "당신은 메시아가 아니시오? 당신 자신과 우리를 구원해 보시오"하며 예수님을 모독했다. 반면 가장 말을 잘해서 복을 받은 사람이 오른편 죄수다. "우리야 당연히 우리가 저지른 짓에 합당한 벌을 받지만, 이분은 아무런 잘못도 하지 않으셨다." 그러고 나서 죄수는 "예수님, 선생님의 나라에 들어가실 때 저를 기억해 주십시오."라고 말했다. 그의 말에 예수님께서는 다음과 같이 대답하셨다. "내가 진실로 너에게 말한다. 너는 오늘 나와 함께 낙원樂園에 있을 것이다."(루카 23, 39-43).

여섯째, 시비를 가리는 데 끼지 마라. 내가 섣불리 판단하기보다 하느님께서 판단하시도록 맡겨두는 지혜가 필요하다. "자세히 알아보기 전에 꾸짖지 마라. 먼저 생각해 보고 나서 질책叱責 하여라……. 너와 상관없는 일로 다투지 말고 죄인들이 시비를 가릴 때 자리를 함께하지 마라"(집회 11,7-9). 집회서의 가르침을 새겨볼 필요가 있다.

말은 복福을 가져오기도 하고 화禍를 불러일으키기도 한다. 예수님 양옆의 죄수들처럼 구원까지도 결정될 수 있는 게 말의 힘이다. 나도 한 마디 한 마디에 복을 실어 생명을 살리는 말씀과, 행복을 전하는 말씨를 뿌리는 사람이 되기를 희망해 본다.

58년
개띠
인생의
애환

4

원대한
중년의
로망을
위하여

'중년의 삶'을 위하여

친구여!
나이가 들면 설치지 말고
미운 소리, 우는 소리,
헐뜯는 소리,
그리고
군소리 ,불평일랑 하지를 마소.
알고도 모르는 척,
모르면서도 적당히 아는 척,
어수룩 하소
그렇게 사는 것이 평안하다오.

친구여!
상대방을 꼭 이기려고 하지마소.
적당히 져 주구려
한걸음 물러서서 양보하는 것
그것이 지혜롭게 살아가는 비결이라오.

친구여!

돈, 돈 욕심을 버리시구려.

아무리 많은 돈을 가졌다 해도

죽으면 가져갈 수 없는 것

많은 돈 남겨 자식들 싸움하게 만들지 말고

살아있는 동안 많이 뿌려서

산더미 같은 덕을 쌓으시구려.

친구여!

그렇지만 그것은 겉 이야기.

정말로 돈은 놓치지 말고 죽을 때까지

꼭 잡아야 하오.

옛 친구를 만나거든 술 한 잔 사주고

불쌍한 사람 보면 베풀어주고

손주 보면 용돈 한 푼 줄 돈 있어야

늘그막에 내 몸 돌봐주고 모두가 받들어 준다오.

우리끼리 말이지만 이것은 사실이라오.

옛날 일들일랑 모두 다 잊고

잘난 체 자랑일랑 하지를 마오

우리들의 시대는 다 지나가고 있으니

아무리 버티려고 애를 써 봐도

가는 세월은 잡을 수가 없으니

그대는 뜨는 해 나는 지는 해

그런 마음으로 지내시구려.

나의 자녀, 나의 손자, 그리고 이웃 누구에게든지
좋게 뵈는 마음씨 좋은 이로 살으시구려
멍청하면 안 되오.

아프면 안 되오.
그러면 괄시를 한다오.
아무쪼록 오래 오래 살으시구려.

법정스님의 시 〈중년의 삶〉 전문

위에 소개한 법정스님이 시 내용처럼 중년의 인생을 이토록 여유 있게 관조觀照하며 살아간다면 얼마나 좋겠는가?

사람은 자신이 하고 싶은 일을 하면서 살 수 있어야 한다. 자기 자신이 하는 일을 통하여 자신만이 지닌 특유의 잠재력을 발휘하고 삶의 기쁨을 누리는 인생을 살아야 한다고 믿는다.

우리 나이 때가 되면 직장에서 정년을 맞이하는 경우가 대부분이다. 직장에는 정년이 있지만 인생에는 정년이란 것이 존재하지 않는다. 흥미와 책임감을 지니고 활동하고 있는 동안에는 아직 현역이라고 할 수 있다. 만약 인생에 정년이 있다면 그것은 삼라만상森羅萬象의 진리를 탐구하고 창조하는 노력이 멈추는 그때가 아니겠는가? 우리는 이런 상태를 '죽음'이라 일컫는다.

내가 하는 일에 흥미와 그 의미를 느끼지 못하면 '산송장'이 아니고 무엇이겠는가. 내 인생을 전부 걸고 인내와 열정, 그리고 정성을 다하는 사람만이 가슴으로부터 우러나오는 신성한 일의 기쁨을 누릴 수 있을 것이다.

인생이 그렇게 단순하지 않다는 것을 우리는 알고 있다. 하지만 단순하게 살고 싶어도 인생 자체가 너무 복잡하고 미묘한 것이기 때문에, 우리는 항상 흔들리고 있다고 생각한다.

하지만 그럴수록 단순하게 살려고 노력해야 한다. 복잡하거나 사리에 어긋나게 살지 말고, 내면의 자신을 고요하고 그윽하게 바라보면서 단순하게 살아야 한다고 본다. 단순한 삶이 가장 바람직한 삶이며 동시에 본질적인 삶이라고 여기는 까닭이다.

그래서 내 솔직한 소망은 단순하고 평범하게 사는 일이다. 나의 느낌과 의지대로 나답게, 자연스럽게 살고픈 것이 나의 소박한 꿈이다.

불암산에서 깨달은 성공의 의미

성공이란 무엇일까? 일반적으로 직장인을 포함하여 사회 생활인들의 성공철학은 많은 귀동냥과 토론, 더러는 언쟁을 통해 '그들만의 리그'에서 나름대로 다듬어지고 규정지어지는 것 같다.

나도 여느 대한민국 남자들과 똑같이 대학을 졸업하고 취업한 후 성실한 직장생활을 영위했던 평범한 사람이었다. 그러다 예기치 않은 일로 인해 본의 아니게 퇴사를 결행하여 내 나름대로는 먹고 살아야 한다는 절박함속에서 동분서주한 지도 어언 10년의 세월이 흘렀다.

가정의 생계를 꾸려가야 하는 엄연한 현실 속에서 두 아들 녀석은 왜 이리도 빨리 자라는지…… 아들들이 아무 탈 없이 무럭무럭 자라주는 것은 큰 축복이자 행복 그 자체였지만, 아마 아이들 성장속도와 나의 성공에 대한 조급함과 강박관념은 상호 반비례하지 않았나 싶다.

지난 세월을 돌이켜보면, '그래도 안정된 회사 조직 안에서 다달이 나오는 월급 받으며 '결정적 순간'이 도래到來하기까지 조금 더 버텼어야 했는데' 하는 아쉬운 생각이 든다. 하지만 어쩌겠는가. 이 또한 나만의 '가지 않은 길'을 걸어간 것임에랴……. 훗날 자식들이 크면 꼭 나의 경험을 타산지석他山之石으로 삼아 후회하지 않는 알찬 인생을 살라고 얘기해줘야겠다고 다짐해 본다.

이런 저런 일상에 한창 허둥지둥할 즈음인 내 나이 쉰둘일 때, 아주 우연한 기회에 내 삶의 '사고思考'를 가다듬을 커다란 분기점, 달리 표현하자면 일종의 '터닝 포인트Turning Point'가 찾아왔다.

친구들은 만나면 이구동성異口同聲으로 내게 말했다.

"우리 나이 정도 먹었으면 이제는 산에 다니며 건강 챙기는 게 장땡인생이라네!"

주변 친구들의 한결같은 충고였지만 나는 동의하지 못했다. 아니, 동의하려 하지 않았다는 말이 더 적확的確한 표현이겠다.

내가 친구들의 우정 어린 충고에 동의할 수 없어서 일고一考의 가치도 없다는 듯이 묵살해 버렸다.

"여보게, 친구들! 현재 각자 맡은 일을 하는 것이 우선이지 않은가. 무슨 사업을 해야 하는지 공부하고 다양한 사람들을 만나 귀동냥하면서 휴일에도 사업에 대한 연구 검토를 게을리 하지 말아야 하네!"

그해 12월초 첫눈이 내리던 날, 나는 늦게 일어나 약속준비를 하고 있는데 베란다에서 보이는 살짝 눈 덮인 불암산이 눈에 선명하게 들어온다. 내가 사는 집은 노원구 하계동 불암산 자락 입구다. 불암산은 서울 동북부에 있는 대표적 명산으로, 태릉선수촌 국가대표 선수들의 땀과 기백氣魄이 배어있는 곳이다. 거대한 암벽과 울창한 수목이 어우러져 장관壯觀을 이루는 불암산 자락 입구에 우리 집이 있다는 것은 행운이었다.

눈에 덮인 불암산을 본 순간, 나는 불현듯 산에 가고픈 욕망이 솟구쳤다. 동시에 '내가 겨울 등산복이 있었던가? 등산화는?', '있다! 형이 신다가 내게 준 것이 있다!'고 혼자 자문자답自問自答하면서, 방 한 쪽에 처박아 둔 겨울 파카 뒤집어쓰고 물 한 통 허리에 찬 후 불암산으로 출발했다.

평소 체력만큼은 자신이 있었던 나는 초겨울 첫눈을 맞으며 불암산을 정복하기에 이르렀다.

높은 산은 아니지만 불암산 정상에 오른 기쁨은 가히 필설筆舌로 형용키 어려웠다. 이렇게 환희를 맛보며 내가 좋아하는 컵라면과 더불어 목울대를 넘기는 막걸리 한 잔은 그 무엇과도 바꿀 수 없었다. '아, 이래서 친구들이 산에 가자고 한 것이로구나!' 하는 생각이 절로 들었다.

"형씨, 막걸리 같이 나눠 드시죠!"

생면부지生面不知의 등산객들과 서로 배려하며 보낸 인정이 넘치는 불암산 정상에서의 하루는 행복감에 도취된 나머지 시간이 어떻게 지나갔는지도 모를 지경이었다.

마치 중국의 시성詩聖 도연명陶淵明이 노래한 '도화원기桃花源記'에 나오는 무릉도원武陵桃源의 '별유천지비인간別有天地非人間'이 바로 여기가 아닌가 하는 착각마저 들었다면, 내가 너무 비약飛躍한 것일까? 내가 이렇게까지 흥이 도도滔滔했던 것은 아마 막걸리의 힘이 컸으리라!

순간 시야에 들어오는 서울시내 전경이 묘한 심리로 나의 마음 깊숙이 자리 잡아가고 있음을 느꼈다. 나도 한 사람의 사회인으로 동참하고 있다는 자부심을 느낀 것도 잠시, '성공이란 무엇일까?' 하는 생각이 또다시 고개를 들었다. 행복은 알겠는데 스트레스 덜어내기, 세끼 밥 먹고 하고픈 것 하기…… 그런데 성공이란 뭘까?

그 후 이어진 2달에 걸친 겨울산행은 마침내 성공에 대한 궁금증과 향후 살아갈 내 삶의 철학을 다듬는 소중한 계기가 되었다. 이렇게 불암산은 2달 만에 나에게 많은 가르침을 일깨워 주었다.

지금까지 살아오면서 나를 서운케 했던 세상에 대해, 그리고 나를 배신했던 친구들에게 삿대질하고 손가락질했던 흐름의 일상속에서 불암산은 나에게 귀중한 가르침을 주었다.

"주변을 배려하며 살아라! 그리고 네 자신의 힘을 키워라!"

내가 태어나기 전보다 주변을 조금이라도 살기 좋게 만들어 놓고 떠나고 싶다. 어쩌면 이것이 진정한 성공이고, 그 속에서 웃음과 아기자기한 재미를 느낄 수 있는 것, 이것이 바로 나의 성공철학 成功哲學인 것 같다.

지금 나의 생활권은 출퇴근 문제 등으로 인해 회사가 있는 '핵심도시' 안산이다. 그러나 거리에 상관없이 이번 주말에는 꼭 불암산에 오르자고 스스로에게 다짐해 본다.

중년의 로망

이제 어엿한 중년임을 자타가 인정하지 않을 수 없는 즈음, 나에게 작은 변화가 찾아왔다. 소통의 재미라고나 할까? 몇 년 전만 해도 새로이 사람을 사귀고 만나는 것에 부정적으로 생각하는 경향이 강해서 특별한 이슈가 없는 만남은 자제했었다. 기존에 인연을 맺은 이들과의 만남이 아니라면 새로운 사람과의 만남은 상처를 받을 수 있다는 매우 소극적인 심산心算의 발로發露였던 셈이다.

근래에는 처음 대하는 이들과 많은 한담閑談을 나누는 경우가 많다. 특히 나보다 서너 살 연배年輩인 경우가 대부분이다.

내 나이 지천명知天命 : 50세을 맞는 해에 불현듯 산에 가고 싶다는 간절함이 강렬하게 고개를 들었다. 곧바로 등산복과 모자, 그리고 간단한 장비를 챙겨 불암산을 첫 등반했다. 이렇게 나는 산과의 인연을 맺은 이후 주말에는 빠짐없이, 주중에도 2~3회 거의 매일 집 주변에 있는 도봉산, 수락산, 불암산을 찾게 되었다.

정상에서 "야호" 하고 외치는 것에서도 나름 쾌감을 느꼈지만, 그보다 더 좋은 것은 정상에서 먹는 컵라면의 맛은 그야말로 일품逸品

이었다. 특히 평소 산행 중에 눈이 자주 마주친 이와 더불어 갖는 막걸리 한 잔은 환상적幻想的이었다.

미세하지만 일상의 변화는 나에게 매우 긍정적인 면이 많았다. 아무런 의미 없이 상념想念에 젖는 일, 매사 유아독존唯我獨尊식의 의사결정 습관, 특히 집사람에게는 말할 것도 없고 대학입시를 앞둔 아들에게 명문대를 각인刻印시키기 위해 성공은 좋은 대학졸업장이 우선함을 설득이 아닌 강요로 일관했다.

그러나 우연히 시작한 가벼운 산행山行은 세속世俗에 젖어가는 나에게 뒤돌아볼 수 있는 계기를 제공해 마음에 찌든 때를 한 꺼풀 벗게 해 주었다. 산은 이외에도 나에게 '친구'라는 또 다른 선물을 주었다. 홀로 가벼운 산행을 하는 등반객을 대할 때면 붙임성이 좋은 나는 금세 가벼운 산행 동반자를 겸한 파트너가 되어 주었다. 대부분 내 나이보다는 몇 살 연배 되는 분들이었다.

내가 항상 산행 동반자 선배들에게 묻는 단골 질문이 있다.

"형님, 현역에서 물러나시고 뭘 하실 예정입니까?"

은행지점장 퇴직 후 산행을 낙으로 삼는 문 선배, 지인들과 공동사무실을 열고 미래 구상을 공유하는 전직교사 박 선배······.

내가 "형님, 현업에서 열심히 하시느라 힘드셨을 텐데 이젠 좀 쉬시지요." 하고 넌지시 권하면, 이분들은 현업 때는 그렇게 벗어나고픈 간절함에 사로잡혔건만 퇴임 후의 자유를 만끽滿喫하는 기간은 정확히 2달에 불과하다고 입을 모은다.

"여보, 당신은 현직에 있을 때 고생하셨는데 그동안 바빠서 못했던 것들을 원 없이 하시며 즐겁게 지내세요!"

처음 이렇게 살갑게 대해주던 부인들의 정겨운 말과 따뜻한 시선에 변화가 생겨 돌변하는 데는 그리 오랜 시간이 필요치 않았다는 것이다. 일선에서 퇴직한 선배 3분이 부인과 함께 선린善隣관계를 유지한 평균 기간은 2달 남짓했다. 나는 원래 제도권 조직에 적응을 일찍이 포기했던 터라 이 분들의 넋두리가 퍽 믿기지 않고 낯설었지만, 한 잔 불과하게 걸친 막걸리 덕이었는지 당시에는 그런대로 공감할 수 있었다.

산행을 하다 이어진 막걸리 한 잔과 노래방, 그리고 50대 중년의 나이를 절감하지 않을 수 없는 쏜살같이 흘러간 세월의 덧없음을 반추反芻해 본다.

나는 아무리 생각해 봐도 영원한 아류다. 이렇게 주변인의 일상을 곁눈질하며 삶의 진정성을 탐구하려는 아류! 흐트러진 시선을 정돈하고픈 어설픔이 내게 가져다 준 것은 과연 무엇이란 말인가.

산을 즐겨 찾는 이들의 변辯은 개성만큼이나 다양하다. 산이 좋아서, 건강을 지키기 위해서, 힘든 산행을 마친 후 성취감을 느끼고 싶어서······.

산을 대하고 산을 사랑하는 많은 이들과의 허심탄회한 소통 속에서 나는 점차 겸손해져가는 나 자신을 느꼈다. 산이 나에게 준 은혜다. 그저 묵묵히 계절의 변화에 따른 다양한 변화에 적응해 나가는 자신의 모습이 대견하기까지 했다.

나도 어느덧 50대 중반을 지나면서 쏜살같이 흐르는 세월을 보내며 일상적인 삶의 무력감에서 탈피하려는 노력을 하고 있다. 앞으로 나에게 주어진 남은 세월 동안 하루하루를 성실히, 가능한 한 주변인을 배려하면서 사는 것이 나의 작은 꿈이다.

산행 동기들과 허심탄회하게 이런저런 세상사는 이야기를 나누는 최종 종착지는 주식토론이다. 주식으로 부자가 되겠다는 것은 분명 아니지만, 때로는 나도 주식에 빠질 때가 있다.

주식에 빠져있는 속칭 '개미'들의 집착 심리를 나는 정확히 알고 있다. 주식으로 돈을 벌든, 또는 잃든, 세류 속에 내가 있고 세상 삶의 현장에 더없이 동참同參하고 있다는 것을 확인받고 싶은 마음이 아니겠는가.

허전한 중년中年은 오늘도 주식 시세판을 뚫어져라 바라본다.

❧

공개 구친

• 한잔 술에 너스레를 떨지만 결코 남을 헐뜯지 않는 친구
• 카페 깊은 곳에서 고급 양주 한잔 하는 모습에서 품위를 느낄
  수 있는 친구
• 가슴 깊은 곳에 오는 공허함을 채우기 위해 남의 매력을 헐뜯
  지 않는 친구
• 남의 섣부른 호의를 아주 정중하고 진솔하게 거절할 수 있는
  친구
• 하루하루 삶의 행보가 너무나 진지해서 악수하자고 손을 내밀
  기조차 어려울 정도의 친구
• 세상사에 찌들려 하루하루의 일상은 난감하나, 그의 얼굴은 언
  제나 부드러움을 느끼게 하는 친구
• 깊은 신앙심에 젖어 있지만 믿는 자신의 신아에 거품을 내지
  않는 친구
• 보슬보슬 봄비 내리는 날, 저녁식사하고 아파트 현관에 있을 때
  집 앞에 왔으니 한잔하자고 전화해 주는 친구

- 내가 티샷한 볼이 OB 라인에 있는데 OB 말뚝 연결보다 안쪽이라고, 굳이 OB 아니라고 목소리 높여 캐디를 설득해 주는 친구
- 때로는 카드게임 중에 나를 위해 타이틀 잡고 죽어줄 줄 아는 친구

요즈음 이런 친구가 불현듯 그리워진다. 나도 나이가 들었나 보다. 인생항로人生航路에서 친구는 가장 큰 자산資産이며 무엇보다 든든한 버팀목이다. 그래서 진정한 친구親舊 셋을 얻으면 성공한 인생이라고도 말한다.

로버트 그린은 〈전쟁의 기술〉에서 '친구는 당신을 다치게 하는 방법을 가장 잘 아는 존재'라고 주장했다. 여기서의 친구는 '진정한 친구'가 아니고, '적과의 동침'이 아닌지 모르겠다. 그는 또 어설픈 친구를 경계하라면서 '적敵'의 어원語源은 '친구가 아닌 사람'임을 강조했다. 그렇다면 친구는 어떤 사람을 말하는가?

한 인디언 부족에게 친구는 '내 슬픔을 등에 지고 가는 자'라는 뜻이라고 한다. 과연 나에게도 그런 친구가 있었던가. 노는 친구, 술친구를 넘어서 우정으로 돈독敦篤한 관계를 맺은 친구가 있었던가?

요즈음의 대한민국은 친구를 사귀기가 힘든 환경인 것이 사실이다. 황금만능주의黃金萬能主義가 지배하는 사회에서 우정友情이 낄 자리가 좁아 보이는 이유다. 옛날에는 나이가 대 여섯 살 차이가 나도 뜻이 통하면 친구라고 했는데, 요즘은 뜻이 통하는 사이라고 해도 서열序列을 따지는 풍조風潮가 만연蔓延해 나이를 뛰어넘어 친구가 되기가 쉽지 않다.

공자는 〈논어論語〉에서 '유붕자원방래불역락호有朋自遠方來不亦樂乎'라고 했다. 원문을 해석하면 '벗이 있어 멀리서 찾아주니 또한 즐겁지 아니한가?'란 의미다. 친구란 누구에게나 기쁨을 주는 존재이다. 나와 함께 시간을 보내며 관심을 공유共有하는 존재가 삶에 있어서 얼마나 큰 힘이 되는지 모른다. 외로울 때 불러내 술 한 잔 마시면서 속마음을 허심탄회虛心坦懷하게 나눌 수 있는 타인이 있다는 사실은 우리의 삶을 얼마나 윤택潤澤하게 만들어 주는지 직접 경험하지 않으면 모를 것이다. 그래서 진정한 친구는 소중한, 너무나 귀중한 존재이다.

　　예로부터 흔히 남자간의 깊은 우정友情을 말할 때 '관포지교管鮑之交'라는 말을 사용하여 비유比喩하곤 한다. 그래서 관포지교라면 우정의 상징으로 인식된 지 오래다. 여기에는 나름대로의 연유緣由가 있다.

　　관중管仲과 포숙아鮑叔牙는 춘추전국시대 제齊나라 사람들이다. 후에 제나라 왕자간 왕권다툼이 있었는데 관중은 공자 규糾를, 포숙아는 공자 소백小白：규의 아우을 각각 섬겼다. 그러다 소백이 이겨 왕위에 오르니, 이가 유명한 환공桓公이다. 결국 규는 죽고 관중은 옥에 갇히는 신세가 되었으나, 후에 포숙아의 천거薦擧로 제나라의 재상宰相에 오르게 된다.

　　관중은 환공을 잘 섬겨 제나라의 국위國威를 크게 떨쳤고, 환공을 춘추오패春秋五覇의 한 사람이 되게 했다. 관중은 옛 일을 회상하면서 말했다.

　　"내가 어려울 때 포숙아와 장사를 했는데 이익을 나눌 때 늘 내가 더 많이 취했지만, 그는 나를 욕심꾸러기라고 말하지 않았다. 내가 가난한 줄을 알고 있었기 때문이다.

　일찍이 세 번 관직에 나가 세 번 모두 임금에게 쫓겨났지만 그는 한 번도 나를 무능^{無能}하다고 하지 않았다. 아직 시운^{時運}을 타지 못한 것을 알기 때문이다.

　또 전쟁에 나가 세 번 다 패하여 도망쳤지만 그는 나를 겁쟁이라고 하지 않았다. 나에게 연로하신 노모^{老母}가 계시는 것을 알고 있었기 때문이었다.

　또한 공자 규가 패하여 내가 옥^獄에 갇히면서도 자결^{自決}하지 않았지만, 나를 수치^{羞恥}를 모르는 자라고 여기지 않았다. 그것은 내가 작은 일보다는 공명^{功名}을 천하에 날리지 못하는 것을 더 부끄러워한다는 사실을 알고 있었기 때문이었다.

　아, 나를 낳아준 이는 부모지만^{生我者父母} 나를 알아주는 이는 포숙아가 아닌가!^{知我者鮑叔}"

　반면 포숙아는 관중을 천거하여 재상에 앉히고도 자신은 그의 밑에 들어가 깍듯이 예를 표했다. 관중은 재상이 되어 변변치 못한 제나라를 부유^{富裕}하게 만들고, 군비^{軍備}를 강화하여 제후국 중에 우뚝 서게 만들었다. 그는 또한 백성을 위하는 정치를 몸소 실천했으며 늘 그들과 동고동락^{同苦同樂}하기를 주저하지 않았다.

　진정 포숙아는 관중을 알아주었던 친구였다. 그래서 후세 사람들은 관중의 현명^{賢明}함보다는 포숙아의 사람을 알아보는 눈을 더 칭찬했다. 이때부터 두 사람의 막역^{莫逆}한 우정은 시공^{時空}을 넘어 지금까지도 칭송^{稱頌}받으며 인구^{人口}에 회자^{膾炙}되고 있다.

미국의 철학자 랄프 왈도 에머슨은 "친구를 얻는 유일한 방법은 스스로 완전한 친구가 되는 것"이라고 했다. 어쩌면 공자 말씀과 비슷할지도 모르겠다. 그리스의 철학자 디오게네스가 등불을 들고 현자賢者를 찾아다녔듯이, 나도 오늘은 숱한 지인知人 중에 '친구'를 찾아봐야겠다.

좋은 친구를 사귀는 10가지 원칙

1. 우선 자기 자신을 사랑하라.
2. 상대방의 처지에서 생각하라.
3. 가까울수록 예의를 지켜라.
4. 사랑을 얻으려면 자존심을 버려라.
5. 적게 말하고 많이 들어라.
6. 말과 행동을 일치시켜라.
7. 겸손하되, 자신의 뜻을 분명히 밝혀라.
8. 완벽한 사람이 아니라 솔직한 사람이 되어라.
9. 상대의 장점을 먼저 칭찬하고, 그 다음에 단점을 지적하라.
10. (당신을)원하지 않는 사람과 억지로 사귀려고 애쓰지 마라.

앤드류 매티스의 〈친구는 돈보다 소중하다〉에서

우정

"공기와 빛과 우정, 이것만 남아 있다면 기죽을 필요는 없다."

이것은 살아가는 데 공기와 빛에 버금갈 정도로 중요한 것이 우정友情이라는 독일의 대문호大文豪 괴테의 말이다.

내가 생각하는 우정이란 '그 친구를 위해 나의 모든 것을 희생犧牲할 수 있는가?'이다. 물론 현실적으로는 그 정도로 자신이 희생해야 하는 상황은 거의 없다고 본다. 아니, 평생 그런 상황은 찾아오지 않을지도 모른다. 그럴지라도 '그 친구를 위해서라면……' 하는 마음을 가지고 있어야 한다는 것이 우정에 대한 나의 지론持論이다.

목적달성을 위해서는 온갖 수단과 방법을 가리지 않으며 손가락 걸고 맹세한 순진한 우정이 지켜질 수 없는 실리추구實利追求의 살벌殺伐한 경쟁사회—.

막역한 벗이란 정의正義가 의기투합意氣投合된 사이, 사상思想이 일치하고 감정感情이 일맥상통一脈相通하여 서로 저촉抵觸이 안 되는 사이를 말한다. 이러한 친구를 찾아 교유交遊할 수 있음은 참으로 인생의 값진 행복이 아닐 수 없으며, 세상을 헤쳐 나갈 힘과 용기勇氣

를 배가倍加시킬 수 있는 것이다.

　로마의 철학자 키케로는 "우주宇宙에 태양太陽이 없는 것은 인생에 우정이 없는 것과 같다. 진정한 친구인지 아닌지는 위험에 처해 보면 알게 된다."고 말했다. 우정은 인간의 삶의 밝혀 주는 태양과 같다고 해도 과언이 아니다. 우정이 없는 삶은 어둡고 기쁨이 없을 것이다. 심리학자들의 보고서에 의하면, 친구가 없는 사람들은 시련試鍊과 위기危機 앞에서 본질적으로 더 많은 고통을 당한다고 한다. 그들은 때때로 깊은 고통을 극복해 내지 못한다. 우정은 바로 그러한 고통 속에서 빛을 발한다. 이럴 때 충직忠直하게 그의 편에 서있는 사람이 바로 친구인 것이다.

　진정한 우정은 고통苦痛 중에 있을 때 비로소 입증立證된다. 진짜 진실한 친구는 고통 받는 사람 옆에 충직하게 머문다. 친구는 그와 함께 모든 어려움과 곤경困境을 헤쳐 나간다. 친구가 옆에 있으면 어떤 어려움이 우리를 덮친다고 해도 헤쳐 나갈 힘이 생긴다. 친구가 없다면 우리는 디딤돌을 잃는 것과 같다. 친구가 없을 때 나는 모든 일에 있어서 자포자기自暴自棄하는 심정이 되어버리는 것을 부인否認할 수 없다.

　그러므로 한 사람 일생의 성패를 가르는 척도尺度로서 진실한 친구를 사귀는 것을 헤아려 평가하는 것일 것이다. 공자도 〈논어論語〉 계씨편季氏篇에서 사귀어서 유익한 세 종류의 벗과 손해나는 세 종류의 벗이 있다고 했다. 정직正直한 사람, 성실誠實하고 믿음이 있는 사람과 견문見聞이 넓고 해박該博한 사람을 사귀는 것은 내게 유익하다. 그러나 오로지 외모^{外貌}나 용모를 꾸미는 사람, 안색^{顏色}을 잘 꾸미는 사람과 교언영색^{巧言令色}하여 남을 기쁘게 해주는 말을 잘하는 사람을 사귀는 것은 손해라고 일러주고 있는 것이다.

그러기에 주역^{周易}에서는 '같은 마음에서 하는 말은 그 향기^{香氣}가 난^蘭과 같고, 두 사람이 마음을 같이 하면 그 의로움이 무쇠를 자를 수 있다'고 한 마음으로 사귐의 소중함과 이에서 발휘되는 위대^{偉大}한 힘을 설명하고 있다. 마음속에 아무런 사심^{私心}이나 욕심^{慾心}을 두지 않고 사귈 때 자기보다 위에 있는 사람에 대해서는 아첨^{阿諂}하지 않을 수 있고, 자기보다 아래에 있는 사람에 대해서도 자만^{自慢}하지 않을 수 있는 것이 아니겠는가.

그러나 오늘날 우리 생활주변을 돌아볼 때 이와는 정반대의 일들이 비일비재^{非一非再}하다못해 상식화^{常識化}되고 있어 슬픔을 금할 수 없게 한다. 다른 것은 차치^{且置}하고라도 권문세가^{權門勢家}에 관혼상제^{冠婚喪祭}라도 있을라치면, 때로 우르르 몰려다니는 모습은 이제 지양^{止揚}되어야 할 문화라고 생각한다. 옛말에 '정승 집 개가 죽으면 문전성시^{門前成市}를 이루나, 정작 정승이 죽으면 파리 날린다'는 말이 어쩌면 이 경우와 그렇게도 딱 들어맞는지, 속담^{俗談}이 괜히 있는 것이 아니라는 생각이 든다.

지금까지 나의 삶을 윤택^{潤澤}하게 해준 김유학, 권재풍, 신인호 등 친구들에게 이 자리를 빌려 감사하며 사랑한다는 말을 전하고 싶다.

사랑한다, 친구들이여!

법정法政 스님은 일찍이 친구에 관해 이렇게 말씀하셨다.

"진정한 만남은 상호간의 눈뜸開眼이다. 영혼靈魂의 진동振動이 없으면 그건 만남이 아니라 한때의 마주침이다. 그런 만남을 위해서는 자기 자신을 끝없이 가꾸고 다스려야 한다. 좋은 친구를 만나려면 먼저 나 자신이 좋은 친구감이 되어야 한다. 왜냐하면 친구란 내 부름에 대한 응답이기 때문이다. 끼리끼리 어울린다는 말도 여기에 근거를 두고 있다."

법정스님 말씀을 음미吟味하고 있노라니, 갑자기 돌아가신 아버님이 미치도록 뵙고 싶어진다.

팔순八旬에 천국天國으로 가신 아버님!
아버님은 그런 '관포지교管鮑之交' 같은 친구 분이 계셨지요?

교장 선생님−
지금 그분의 존함尊啣은 기억이 나지 않지만
제가 좋아하는 롤 케이크를 들고 자주 방문해 주셨던 교장 선생님!

아버님,
저도 세상에 그런 교장 선생님 같은 친구가 될 수 있도록
여유餘裕와 배려配慮의 삶이 되도록 열심히 노력하겠습니다.
아버님, 그리고 교장 선생님,
천국天國에서 편히 쉬시며 영원永遠한 행복幸福을 누리소서!

아버님은 막내인 내게 고향인 황해도^{黃海道} 해주^{海州}에 관해 자주 말씀해 주셨다. 천국^{天國}에서 우리 가족을 보살펴 주시고 계실 '천의무봉^{天衣無縫}'의 인품^{人品}을 지니신 나의 아버님께 정지용^{鄭芝溶} 시인의 '향수^{鄕愁}'를 나지막이 불러드린다.

향수^{鄕愁}

넓은 벌 동쪽 끝으로
옛 이야기 지즐대는 실개천이 휘돌아 나가고,
얼룩백이 황소가
해설피 금빛 게으른 울음을 우는 곳,

— 그 곳이 차마 꿈엔들 잊힐리야.

질화로에 재가 식어지면
뷔인 밭에 밤바람 소리 말을 달리고,
엷은 졸음에 겨운 늙으신 아버지가
짚벼개를 돋아 고이시는 곳,

— 그 곳이 차마 꿈엔들 잊힐리야.

흙에서 자란 내 마음
파아란 하늘 빛이 그리워
함부로 쏜 화살을 찾으려
풀섶 이슬에 함추름 휘적시던 곳,

— 그 곳이 차마 꿈엔들 잊힐리야.

전설 傳說 바다에 춤추는 밤물결 같은
검은 귀밑머리 날리는 어린 누이와
아무렇지도 않고 예쁠 것도 없는
사철 발 벗은 아내가
따가운 햇살을 등에 지고 이삭 줍던 곳,

— 그 곳이 차마 꿈엔들 잊힐리야.

하늘에는 성근 별
알 수도 없는 모래성으로 발을 옮기고,
서리 까마귀 우지짖고 지나가는 초라한 지붕,
흐릿한 불빛에 돌아앉아 도란도란거리는 곳,

— 그 곳이 차마 꿈엔들 잊힐 리야.

「조선지광」65호, 1927

* 해설피 : 느리고 어설프게. 시원치 않게
* 함추름 : '함초롬'의 사투리. 가지런하고 고운 모양.
* 성근 별 : 드문드문 돋아난 별.

❦

들은 풍월로 한세상 버티세

친구여!
산 입에 거미줄 치지 않는다네.
그러니 힘을 내자구.
내일 세상을 등질지라도 오늘은 일을 해야 되는 것이
인간임을 우리는 잘 알고 있지 않은가.

친구여!
성공이란 게 그대에게 있었지.
주변인들의 질시와 찬사로 함께 한 세월
어땠나, 달콤하던가? 진솔한 답을 듣고프네.
아직 성공이란 것을 이루고자 달콤한 유혹의 굴레 속에서
벗어나지 못하는 나의 허접함을 일깨워 주시게, 친구여!
한때 우리는 세상에 힘껏 삿대질하며 청춘을 같이 했었지.
마치 그대와 나는 세상을 바꿔 놓을 수 있다는 자신감으로……

친구여!
나는 요즘 7080 시절 유행했던 가요의 매력에 푹 빠져 지낸다네.
"나는 세상모르고 살았노라!"
그때 우리 추억을 한 꺼풀씩
마치 양파껍질을 벗긴다는 묘한 쾌감을 느끼며…….

친구여!
우리는 전생前生의 인연因緣으로 친구가 되었다네.
살면서 친구라 하는 이들 세상을 창조하신 신께서
적어도 반절의 배려 속에 친구가 되었다 확신하네.

친구들이여, 주변인들이여!
인생 반환점 막 돌아왔네.
허겁지겁 바쁘게 가장으로서 성실하게 세상에 베팅하며…….
그립구려. 친구들이여, 주변인들이여!
우리 범인凡人들에게 절대적인 것
소통疏通과 배려配慮라 생각하네.

남은 세월
전생의 연緣으로 맺어진 친구들이여, 주변인들이여!
세사世事의 질곡桎梏 양파껍질 벗기는 심리로
소통과 배려로 진정한 성공을 이뤄냈음을
후손들에게 보여줄 수 있을 걸세.
친구여!

앞으로 서로에게 이런 친구가 되어주는 것은 어떠한가?

많은 말을 가지고 있지만
정작 말을 아끼는 친구

다른 사람으로 하여금
안심하고 떠들 수 있게 만드는 친구

돈의 위력을 알지만 그것이 자기 것으로만 머물러 있을 때
전혀 무가치해진다는 이치를 잘 알고 있는 친구

그와 함께 있을 때는 그 존재가 그리 두드러져 뵈지 않다가도,
막상 그가 없으면 곧 허전함을 느끼게 하는 친구

어제보다는 오늘의 모습이 더 정겹고
오늘보다는 내일의 모습이 더욱 그리워질 친구

그림 중에서는 풍경화를, 특히 맑은 수채화를 좋아하는 친구

음식을 먹을 때는 그 맛보다도 분위기를 먼저 생각하는 친구
또한 옷차림은 분수에 맞게 단정하게 한 친구
남의 근심을 대신 짊어지고 괴로워하면서도
막상 자신의 근심은 남에게 전혀 맡기지 않는 친구

그러면서도 걸음걸이에 리듬이 있고,
마음속에는 늘 기쁨이 넘치는 친구

명예를 걸고 진리를 지키려는 그런 친구

기다림은 만남을 목적目的으로 하지 않아도 좋다는 것이니 말일세.
오늘밤에는 그대 빈 잔을 놓고 한잔하려네.
들은 풍월風月로 한세상 버티세!

일요일 불암산에서 자네 친구 웅원이가
절친한 친구 신인호, 한선우에게 드림

소통에 대하여

2,500년 전 춘추전국春秋戰國 시대에 '섭공'이라는 초나라 제후가 있었다. 백성이 날마다 국경을 넘어 다른 나라로 떠나니 인구가 줄어들고, 세수稅收가 줄어들어 큰 걱정이 아닐 수 없었다.

초조해진 섭공이 공자에게 물었다.

"선생님, 날마다 백성이 도망가니 천리장성을 쌓아서라도 막는 것이 어떻겠습니까?"

잠시 생각하던 공자는 '근자열 원자래近者悅 遠者來'라는 여섯 글자를 남기고 떠났다.

사람을 소중하게 대하라 하면 흔히들 가까운 사람은 제쳐두고 남에게 잘하라는 의미로 받아들이고 있다.

그러나 부모, 배우자, 자녀 등의 가족과 친구를 비롯한 직장 상사와 동료, 부하 직원 등 허물없는 이들에게 먼저 잘하는 것이 우선순위일 것이다.

'가까이 있는 사람을 기쁘게 해줘야 멀리 있는 사람이 찾아온다'는

'근자열 원자래'는 가정과 친구는 물론 나아가 기업경영과 정치를 포함한 모든 분야에 적용되는 원칙이라고 할 수 있겠다.

위의 고사는 인간관계에 있어서 커뮤니케이션, 즉 소통疏通의 중요성을 웅변雄辯으로 말해주고 있다고 생각된다.

우리는 일생 동안 많은 사람들과 만나서 대화하고 소통하며 더불어 살아간다. 불가佛家에서는 '옷깃만 스쳐도 억만겁億萬劫의 인연이 있다'고 한다. 그런 전생의 인연으로 현세에서 주변 사람들과 더불어 지내고 있다는 사실을 나부터 인지認知해야 하겠다. 나와 함께 이 세상을 살아가는 인연의 끈을 가진 사람은 누구나 다 소중하다.

다만, 부처님의 말씀을 곡해曲解하여 자기 나름대로의 방식으로 '유아독존唯我獨尊'을 외치는 이들과, 서푼도 안 되는 입을 가지고 자기과시로 일관하는 이들은 예외로 해 두자. 이런 부류의 인간들은 얼마 지나지 않아 고독할 것이므로…… . 나이 들어감에도 어설픈 무게감으로 과시하는 것이야말로 만천하에 '나는 바보'라고 외치는 것임을 왜 우리는 미처 깨닫지 못하는가?

지금의 내 나이도 어느덧 우리 나이로 쉰여섯이 되었다. 아직 젊은 건가? 내 나이도 세상의 온갖 부조리不條理에 대해 힘껏 삿대질을 할 수 있는 나이인가? 자못 궁금해진다.

요즈음 나는 주변의 친한 사람들과 술 한 잔 하는 재미에 푹 빠져 있다. 아직 나는 우리나라 경제와 사회 속 한복판에 있다는 사실에 뿌듯한 자부심을 느낀다.

가끔 사회 속에서 연이 끊겼던 친구와 오랜만에 한 잔 하며 소외감을 덜어내고 약간의 오버 액션을 하기도 한다. 내놓고 자랑할 만한 큰 성공은 아니지만, 그래도 작은 성공을 거둔 내게 친구들은 술잔을 부딪치며 말한다.

"친구야, 부럽다!"

그러다 보면 본의 아니게 주변의 사랑하는 많은 사람들의 인생 부침浮沈에 관한 이야기를 전해 듣게 된다. 잘된 이에게는 마음에서 우러나오는 박수를, 잘못된 이에게는 동병상련同病相憐의 정을 느끼며 앞으로는 꼭 성공하라는 격려의 말씀을 전하고 싶다.

인간들과의 대화에 지친(?) 수많은 사람들은 진정 산이 좋아서 산을 찾는다. 누가 그랬던가? "산이 거기에 있기 때문에 간다"고……

산은 오는 사람 막지 않고 가는 사람 안 잡는다. 산은 태고太古적부터 침묵 속에 침잠沈潛하고 있어 말은 하지 않으나 그 존재 자체로서 말을 하고 있다!

나도 산이 좋아 틈만 나면 산에 오른다. 정상에 올라 "야호!" 하고 외치면 온 세상이 다 내 것이 된다. 또 나는 산에 오르내리며 사람들과의 격의隔意 없는 대화를 좋아한다. 대자연의 맑은 공기를 마시며 친한 사람들과 나누는 대화에는 용솟음치는 삶의 생명력이 고스란히 담겨있다.

> 종은 누가 울리기 전에는 종이 아니다.
> 노래는 누가 부르기 전에는 노래가 아니다.
> 당신의 마음속에 있는 사랑도 한쪽으로 치워놓아선 안 된다.
> 사랑은 표현하고 주기 전에는 사랑이 아니다!

오스카 해머스타인의 〈사랑은〉

그러므로 우리는 죽는 날까지 사랑하고 소통하는 법을 배우며 살아가는 것을 결코 어색해 하지 말아야 한다.

'소통疏通'이란 '뜻이 서로 통하여 오해가 없는 것'을 말한다. 그러나 사실 소통의 문제는 양보讓步와 화해和解를 바탕에 두고 있어야 가능하기 때문에 어려운 것이다.

내가 젊었을 때는 갑론을박甲論乙駁을 싫어했다. 그러나 50대 중반에 접어들고 보니 한잔 술에 갑론을박 할 수 있는 친구가 그립다. '사람냄새'가 그립다. 나에게 있어 골프가 있고, 한잔 술을 함께 할 수 있는 벗이 있다면 인생은 살 만한 것이라고 생각한다. 멋있는 사람은 비록 가난하더라도 궁상맞지 않다. 남에게 해가 되지 않는 '하얀 거짓말'의 범위 내에서 우리 서로 소통하며 살자는 것이 나의 바람이다.

그렇다. 소통은 해야 맛이다! 이 풍진風塵 세상, '툭 터진 입'으로 속 시원히 서로 소통하며 사랑하는 법을 배우자. 이렇게 살기에도 시간이 그리 많이 남아있지 않다.

술자리 흥을 돋우는 건배사

나는 술을 좋아한다. 아니, 좋아하는 것을 넘어 사랑한다. 두주불사斗酒不辭는 아니더라도 '지고 가지는 못해도 먹고 갈 수 있는' 용의는 다분히 있다. 내가 생각건대 가히 술은 신이 만들어 인간에게 준 최대의 선물이라고 생각한다. 심각한 자리가 아니고서야 흥을 돋우고 메시지를 전하는 건배사乾杯辭가 빠질 수 없다.

우리 주당들이 술을 마실 때 가장 많이 쓰고 있는 건배사는 '위하여!, 건배!, 브라보!, 곤드레 만드레, 원샷!' 등이 자주 사용된다. 특별한 경우에는 '조통세평祖統世平', 즉 '조국의 통일과 세계평화를 위하여 한 잔 하자'는 뜻이다. 또 비속한 어감을 주지만 그 뜻은 원대한 '개나발(개인과 나라의 발전을 위하여!)'도 있다.

우리나라 사람들에게 오래된 건배의 말이 없는 것은 예로부터 주도酒道를 중시해온 데다, 감탄사가 부족한 우리말의 구조에서 비롯됐다는 이야기가 있다.

옛날 우리 선비들은 손님과 술을 마실 때 무려 13번의 예의절차가 필요했다고 한다. 요즘처럼 건배사를 하는 것이 아니라 시조를 한 수 읊었고, 술을 한 잔 권할 때마다 주인과 손님은 여러 차례 절을 해야 했다. 지금도 성균관에서는 매년 '향음주례 鄕飮酒禮'를 여는데 유교사회에서의 음주 형태를 단적으로 보여주고 있다.

1990년 남북송년음악제 북한측 대표단 환영만찬과 이듬해 문화인 신년교례회에 선보인 '지화자!'는 이후 술자리에도 등장해 많은 인기를 끌었다.

이 건배사의 창시자로 알려진 이어령 초대 문화부장관은 "'지화자!'는 한국적 흥겨움을 가득 담고 있을 뿐만 아니라 운율 韻律도 좋아 건배사로 제격"이라고 밝힌 바 있다. 조선일보 논설고문을 역임했으며 '이규태 코너'를 24년 동안 6,702회를 연재하여 대한민국 언론사상 최장기 칼럼기록을 세운 고故 이규태 씨도 칼럼을 통해 상서롭고 흥을 돋우는 고유의 매김소리인 '지화자!'나 '상사디야!'를 건배사로 삼자고 제안했었다.

'지화자'란 말은 출출 때 흥을 돋우기 위해 제창하는 소리인데, 옛날 활터에서 과녁을 명중시켰을 때 흥을 돋우기 위한 외침이라고도 한다. 어쨌든 이 '지화자'는 우리 주당들의 공감을 얻어 가장 많이 인구 人口에 회자 膾炙되고 있다.

건배사

직원회식

개나리 : 계급장 떼고 나이는 잊고 릴랙스하라!
통통통 : 의사소통, 운수대통, 만사형통

주전자 : 주인답게 살고, 전문성을 갖추고 살고, 자신감을 갖고 살자!

송별모임

고감사 : 고생하셨습니다. 감사합니다. 사랑합니다.
고사리 : 고맙습니다. 사랑합니다. 이해합니다.
변사또 : 변함없는 사랑으로 또 만납시다!

분위기 띄울 때

지화자 : 지금부터 화끈한 자리를 위하여
단무지 : 단순 무식하게 지금을 즐기자
나나노 : 니랑 나랑 노래하고 춤추자
거시기 : 거절하지 말고 시키는 대로 기쁘게

남녀동반 모임

남존여비 : 남자의 존재의미는 여자의 비위를 맞추는 것이다
여필종부 : 여자는 필히 종부세를 내는 남자와 결혼해라
해당화 :   해가 갈수록 당당하고 화려하게
우아미 : 우아하고 아름다운 미래를 위하여

성공 행복기원

성행위 : 성공과 행복을 위하여
대나무 : 대화를 나누며 무한성공을 위하여
오바마 : 오래오래 바라는 대로 마음먹은 대로

건강, 우정 기원

재건축 : 재미있고 건강하게 축복받으며 삽시다
사우나 : 사랑과 우정을 나누자
오징어 : 오래도록 징그럽게 어울리자

기타

마돈나 : 마시고 돈내고 나가자
초가집 : 초지일관 가자 집으로, 2차는 없다!

주당의 품계와 술 대작문화

박목월, 박두진과 함께 청록파 시인이며 당대의 주선酒仙으로 통한 조지훈趙芝薰은 술을 마시는 격조·품격·스타일·주량 등을 따져서 주도의 18단계를 밝혀 놓았다.

선인들이 이르기를,

'천하에 인간이 하는 일이 많지만 술 마시는 일이 가장 어렵다. 그 다음은 여색을 접하는 일이요, 그 다음은 벗을 사귀는 일이요, 그 다음은 학문을 하는 일이다.

또 말 안할 사람과 말을 하는 것은 말을 잃어버리는 일이요, 말할 사람과 말을 하지 않는 것은 사람을 잃는 것이다. 술 또한 이와 같다. 술을 권하지 않을 사람에게 술을 권하는 것은 술을 잃어버리는 것이요, 술을 권할 사람에게 권하지 않는 것은 사람을 잃어버리는 것이다. 그런 까닭에 군자는 술을 권함에 있어 먼저 그 사람됨을 살피는 것이다.

술에 취해 평상심을 잃는 자는 신용이 없는 자이며, 우는 자는 인仁이 없는 자이며, 화내는 자는 의義롭지 않은 자이며, 소란한 자는 예의禮意가 없는 자이며, 따지는 자는 지혜智慧가 없는 자이다.

그런 까닭에 속인俗人이 술을 마시면 그 성품이 드러나고, 도인道人이 술을 마시면 천하가 평화롭다.

속인은 술을 추하게 마시지만, 군자는 그것을 아름답게 마신다.'

이를 군자君子의 주작문화酒的文化로 일컬었으니, 함부로 '술 권하는 사회'를 만들지 말아야 할 것이 아니겠는가. 옛사람들의 이런 훌륭한 점을 본받는다면 뭇 범죄의 근원이 되는 주폭酒暴을 비롯한 각종 강력범이 활개 쳐 매스컴을 어지럽게 장식하는 일이 훨씬 줄어들 것이다!

아무튼 우리 선량한 주당 모두 대오각성大悟覺醒하는 차원에서 다음 품계를 경건敬虔한 마음가짐으로 음미吟味해볼 일이다.

1. 불주不酒 : 술을 아주 못 먹지는 않으나 안 먹는 사람
2. 외주畏酒 : 술을 마시긴 마시나 겁내는 사람
3. 민주憫酒 : 마실 줄도 알고 겁내지도 않으나 취하는 것을 민망하게 여기는 사람
4. 은주隱酒 : 마실 줄도 알고 겁내지도 않고 취할 줄도 알지만, 돈이 아까워서 혼자 숨어서 마시는 사람
5. 상주商酒 : 마실 줄도 알고 좋아도 하면서 무슨 잇속이 있을 때만 술을 내는 사람
6. 색주色酒 : 성생활을 위해서 술을 마시는 사람
7. 수주睡酒 : 잠이 안 와서 술을 마시는 사람
8. 반주飯酒 : 밥맛을 돋우기 위해 술을 마시는 사람
9. 학주學酒 : 술의 진경을 배우는 주졸酒卒

10. 애주愛酒 : 술을 취미로 맛보는 사람. 주도酒道 초단

11. 기주嗜酒 : 술의 미에 반한 사람. 주객酒客 2단

12. 탐주耽酒 : 술의 진경을 체득한 사람. 주호酒豪 3단

13. 폭주暴酒 : 주도를 수련하는 사람. 주광酒狂 4단

14. 장주長酒 : 주도 삼매三昧에 든 사람. 주선酒仙 5단

15. 석주惜酒 : 술을 아끼고 인정을 아끼는 사람. 주현酒賢 6단

16. 낙주樂酒 : 마셔도 그만, 안 마셔도 그만, 술과 더불어 유유자
적悠悠自適하는 사람. 주성酒聖 7단

17. 관주觀酒 : 술을 보고 즐거워하되 이미 마실 수 없는 사람. 주
종酒宗 8단

18. 폐주廢酒 : 술로 인해 다른 술세상으로 떠나게 된 사람. 주신
酒神 9단

4훈 6계

4訓

1. 술잔을 돌릴 때 가급적이면 주량이 센 사람에게는 권하지 말
고, 술을 잘 못하는 사람에게 권하라. 주량이 센 사람한데 권
하면 자신에게 술잔이 되돌아올 확률이 높기 때문이다.

2. 술잔의 1/3의 양은 늘 남겨놓고 다른 사람이 권할 때나 비로소
비우고 돌려라.

3. 가급적 술잔은 2~3개 갖고 있는 사람한테 집중 공략하라. 그
러면 그 사람으로부터 자신에게 돌아올 확률은 그만큼 늦어지
거나 적어진다. 따라서 잔이 없는 사람이 많아져 술잔의 공백
을 분산시키는 계기가 된다.

4. 가능한 한 자신의 술잔을 비워두지 않는다. 술잔이 비면 자꾸만 돌려야 하고, 잔이 없는 자신에게 돌아올 확률이 높다. 다만 입에 술잔을 대지 않으면 강요를 받으므로 늘 1/3은 남겨야 한다.

6戒

1. 대화 중 옆 사람하고만 심취하지 말라. 그것은 좋은 매너가 될 수 없으며 전체적인 분위기를 해친다.
2. 상호간 의견대립이 민감한 화제는 가능한 한 피하고, 공감대 형성이 쉬운 화제를 나누라.
3. 전체적인 화제를 주도하게 될 때 자신만이 잘 아는 화제로 이끌면 사람들이 피곤해 한다.
4. 사정상 부득이 먼저 좌석을 떠나려면 화장실을 가는 척하고 자연스럽게 벗어난다. 한창 분위기가 무르익는데 간다고 하면 분위기가 어색해지고 벗어나기가 힘들어진다.
5. 지나치게 점잖을 빼면 곤란하고 적당히 취한 척해서 분위기에 어울린다.
6. 다음날 직장엔 꼭 출근하고 전날 술좌석의 해프닝은 가급적 화제로 삼지 않는다.

참고도서 : 〈술, 이 땅은 나를 술마시게 한다!〉, 보성출판사 刊

내가 미칠 수 있는 것은

머칠 전 아주 우연한 기회에 접한 단 두 줄의 기사 헤드라인은 나에게 충격을 던져 주기에 충분했다.

"몸이 옛날 같지 않다. 한 20년은 더 살아야 하는데……."

기사를 접하지 않고서야 누가 올해 100세 되신 노인의 말씀이라고 감히 상상이나 하겠는가.

"노후대비를 위해 성악학원에 등록했다."

이는 올해 70세 되신 한의사가 한 말씀이다.

우연히 접한 단 두 줄의 헤드라인으로 말미암아 나는 마치 망치로 머리를 세차게 얻어맞은 듯한 충격으로 한동안 멍한 상태가 되었다. 요즘 젊은이들의 언어로 표현하면 '멘붕(멘탈 붕괴)' 지경에 이른 것이다. 지금 내가 세상을 보는 시각과 맞이하는 자세가 너무나 안일安逸하고 허접하다는 자괴감自愧感 을 느끼게 하는 기사였기 때문이다.

그럼 지금까지 나는 무엇을 추구하며 살아왔다는 말인가?

위의 어르신들처럼 정신적으로나 육체적으로 특별히 내세울 것이 없지 않은가 말이다.

베이비붐 세대라면 모든 이들이 그러하듯이, 나 역시 회사의 발전이 나와 가정 그리고 사회에 기여하고 있다는 확고한 의지意志와 자부심自負心으로 청춘을 보냈다고 해도 과언이 아니다.

　그 청춘을 보냈던 '제2의 고향' 안산에서 지금 나는 기숙사 생활을 하고 있다. 스스로 해결해야 하는 의식주 문제는 익숙해진 상태에서. 그러나 문제는 지금도 주변을 두리번거리고 있다는 것이다. 나의 청춘을 고스란히 보냈던 곳인 안산에 장년의 나이로 돌아와서 새삼 허탈함을 느끼고 있는 것이다. 안산으로 돌아온 것이 분명 '권토중래捲土重來'는 아니고, 내가 대덕산업에서 선후배·동료들의 도움으로 승승장구乘勝長驅(?)했으니, '금의환향錦衣還鄕'에 가깝다고 해야 할 것이다.

　그런데 내가 목마르게 찾고 있는 것은 과연 뭘까? 나는 꽤 오랜 시간을 심사숙고深思熟考한 끝에 드디어 그 답을 찾았다.

　소통疏通이다. 주변인과 세상과의 소통이다!

　전지전능全知全能하신 신神이 존재하시더라도 각 개인의 어려움을 달래줄 수 있을 만큼 한가하시지는 않을 테니, 내가 능동적能動的으로 세상과 소통해야겠다는 생각이 든다.

　사람들이 모여 사는 것, 서로 다른 이들이 뭉치고 흩어지면서離合集散 서로 손가락질하고 삿대질하면서 사는 것이 평범한 우리네 '장삼이사張三李四'들의 삶이다. 출신이 다르고, 자라난 환경이 다르고, 때로는 자기가 제일 똑똑하다는 믿음을 갖기도 하고, '나처럼 멍청한 놈이 또 있을까?' 하고 절감切感하며 통한痛恨의 눈물을 쏟기도 한다.

또는 과거를 회상回想하며 추억을 안주삼아 한 잔 술에 시름을 달래기도 하고, 때로는 자연의 위대偉大함과 경건敬虔함에 진솔眞率한 공감대共感帶를 느끼며 들로 산으로 바다로 향한다. 또 때로는 현실 도피라는 무리수를 둬 손가락질을 받기도 하는 것이 인생살이라고 생각한다.

더러는 홀로 한잔하고파 묵묵히 한잔 술로 살아있음에 감사를 느끼기도 한다. 산다는 것에 대해 뭔가 나름대로 철학적인 폼이 나올 즈음, 주변 탁자에서 동료들과 건배乾杯를 삼창三唱하는 와자지껄한 분위기에 주눅 들고 만다.

'아, 지금 나는 한잔 같이 할 친구가 없네!' 하는 자괴감이 뇌리腦裏를 스칠 때, '쪽팔림(?)'과 허전함이 엄습掩襲해와 내가 좋아하는 뚝배기에 담긴 순대국을 뜨다말고 문을 박차고 나가며 자못 호기豪氣롭게 카운터를 향해, 아니 주변사람들 들으라고 목청껏 외친다.

"여기 얼마죠? 계산해 주세요!"

"아니, 왜 드시다 말고 가세요?"

"아, 네. 갑자기 급한 약속이 생겨서요!"

인생아, 너 나한테 술 한 잔 따라다오. 도대체 너는 뭐니?

세월은 화살처럼, 아니 이 나이 먹으니 총알처럼 빠르다고 느껴진다. 누가 20대는 20Km, 30대는 30Km, 40대는 40Km, 50대는 50Km로 달린다더니, 세월의 빠름을 어찌 이리도 절묘絶妙하게 표현했는지 탄성歎聲이 절로 나오는 요즈음이다.

엊그제 캘린더를 벗겨낸 것 같은데 오늘 또 벗겨냈으니 그 사이 벌써 한 달이 갔나보다. 아! T. S. 엘리엇이 '황무지'에서 노래한 그 '잔

인한 4월'이 왔네. 다음 주에는 집에 가서 반팔 셔츠를 가져와야겠다. 바로 엊그제 바바리코트를 가져 왔는데……. '봄은 왔으나 봄 같지 않은 春來不似春' 나날이 계속 되고 있다. 이 또한 환경을 파괴한 인간들이 저지른 잘못에 대한 인과응보 因果應報에 다름 아니다.

날씨야 어떻든 2013년 봄, 젊음을 보냈던 안산에서 따스한 봄의 정취 情趣를 마음껏 즐기자. 젊음을 같이했던 인연을 소중히 간직하면서……. 아주 작고 미세 微細할지라도 가는 세월을 정겹게 맞이할 수 있는 유일한 것은 소통 疏通과 배려 配慮임을 나는 확신한다. 세상을 창조 創造하신 하느님의 가르침을 나는 나름대로 외로운 독거 獨居노인들을 배려하는 것이라고 푼다. 현실의 어려움에 직면한 이들과의 진정어린 소통은 그 가치가 무엇과도 비교할 수 없을 정도로 소중하다고 생각한다. 먼지같이 작고 미력 微力하나마 내가 미칠 수 있는 것이 시나브로 서서히 가시 可視적으로 다가와 이제 발걸음을 내딛고자 한다. 대한민국을 IT산업 강국으로 초석 礎石을 놓아 부각 浮刻시킨 메카 안산에서 젊음을 같이했던 선후배 동료들과 '대친회' OB 모임의 진정성 眞正性을 기본으로 의기투합 意氣投合하여 봉사활동을 펼쳐나갈 것이다.

오늘 저녁은 존경하는 종주 형에게 전화해야겠다.
"형, 내가 좋아하는 김치찌개를 아주 잘하는 '대풍 大豊'에서 소주 한잔 합시다!"

5

베이비부머여,
웅비의 나래를
펴라!

보릿고개

우리말 사전을 찾아보면 보릿고개란 '묵은 곡식은 다 떨어지고 보리는 아직 여물지 않아 농가생활에서 가장 살기 어려운 4~5월로서, 식량에 고통을 받는 고비'라고 나와 있다.

한자어로는 '맥령麥嶺'이라고 한다. 농민이 추수 때 걷은 수확물 중 소작료, 빚 또는 그 이자, 세금, 각종 비용 등을 지급하고 난 뒤 나머지 식량으로 초여름에 보리가 수확될 때까지 버티기에는 그 양이 절대 부족하다.

따라서 이때에는 풀뿌리와 나무껍질 등으로 끼니를 잇고 걸식이나 빚 등으로 연명할 수밖에 없으며, 수많은 유랑민이 생기게 되고 굶어 죽는 사람 또한 속출하였다. 이 때, 식량이 궁핍窮乏한 농민을 춘궁민春窮民 또는 춘곤민春困民이라 하였다.

추수기 전에도 '피고개稗嶺:패령'라 하여 식량궁핍기가 있고, 이때 식량이 떨어진 농민을 '추궁민秋窮民' 또는 '추곤민秋困民'이라 하였다.

그러나 그 기간의 길이와 심각성에 있어 보릿고개가 피고개보다 훨씬 심하였다. 따라서 '춘궁맥령난월春窮麥嶺難越', 또는 '춘풍기풍춘색

궁색春風飢風春色窮色'이라는 말도 생겨났다.

  이뿐만 아니라 일제日帝의 극심한 약탈과 10년 동안 흉년이 겹쳐 일찍이 없던 보릿고개의 참상을 겪는 가운데, 우리나라는 8·15광복을 맞게 되었다.

  1945년의 광복은 우리 농민을 천년의 질곡桎梏에서 해방시켜 주는 계기가 되었다. 경자유전耕者有田의 원칙에 따라 '농토를 농민에게'라는 농민의식이 집약되어 드디어 1949년 6월 '유상몰수 유상분배'의 원칙에 의한 토지개혁법이 제정되어 농민이 '제 땅'을 가질 수 있게 된 것이다.

  그러나 남북분단의 비운을 맞은 데다 정치·사회·경제적 혼란은 보릿고개를 극복하기에는 너무도 부정적으로만 작용하고 있었다.

  200만으로 추산되는 해외 귀환동포와 월남동포로 농민생활은 여전히 참담慘憺하였다. 일제강점기의 식민적 지주생활에 연연한 구舊지주층도 온존溫存하고 있었으니 보릿고개가 없어질 리 없었다.

  1960년대 우리나라 경제는 전체의 약 80%가 농업이 차지하고 있어서, 국가 발전을 위해서는 농업을 발전시키는 것이 급선무였다. 그러나 잇따른 정치적 내분內紛이 겹쳐 나라는 여전히 혼란스럽고 민생民生은 어렵기만 하였다.

  특히, 1960년대 초 우리나라는 6·25사변事變으로 생긴 상처가 채 아물지 않은 상태였으므로 정치적으로나 경제적으로 무척 열악劣惡한 상태였다. 1961년을 기준으로 우리나라의 GNP1인당 국민소득는 87달러에 그쳐, 1인당 국민소득 70달러였던 인도 다음으로 아시아에서

두 번째로 못사는 나라였다. 당시 아시아에서 GNP가 가장 높았던 나라는 750달러인 일본이었으며 월남이 360달러, 태국 300달러, 인도네시아 180달러 그리고 필리핀은 160달러였다.

국가 경제가 이처럼 어려웠으니 농촌의 궁핍窮乏은 더 말할 나위가 없었다. 매년 봄마다 춘궁기春窮期를 겪으며 초근목피草根木皮로 생활하였고, 보리를 수확할 때까지 기다리지 못하여 '가장 넘기 어려운 고개가 보릿고개'라는 말까지 생겼다.

당시 식량이 떨어진 빈농貧農은 지주로부터 고리채高利債를 받아 생활하거나, 부농으로부터 연리 5할이 넘는 '장리곡長利穀'을 빌려 겨우 연명延命해 나갔다. 곡식을 수확해도 고리의 돈이나 빌린 곡물을 상환償還하고 나면 남는 것이 없어, 이듬해에 또다시 춘궁기를 겪었다. 이처럼 1960년대 초 우리나라 농촌은 '빈곤貧困의 악순환惡循環'에 의한 숙명적인 체념주의諦念主義가 만연蔓延하였다.

1960년대까지 우리는 보릿고개가 오면 산과 들을 헤매면서 나무껍질을 캐 굶주린 배를 채워야 했다. 오죽했으면 황금찬 시인은 '보릿고개'라는 시로 당시의 지독한 가난을 읊어 국민들을 위로했겠는가.

> 코리아의 보릿고개는 높다
> 한없이 높아서 많은 사람들이 울면서 갔다
> 얼마만한 사람은 죽어서 못 넘었다
> 안 넘을 수 없는 운명의 해발 구천 미터

이 지긋지긋한 보릿고개가 사라진 것은 우리 경제구조가 공업위주의 수출 주도형으로 바뀐 뒤 부터였다. 1961년 5·16 군사정변으로 정권을 장악掌握한 박정희 전 대통령은 1963년 제3공화국을 수립한 후, 공업국으로 전환을 시도했다. 이 박정희 정권 때부터 수출 드라이브에 전력투구全力投球한 결과, 우리나라는 '반만년半萬年 이래의 가난'이라던 보릿고개도 서서히 자취를 감추기 시작했다. 다름 아닌 우리나라가 수출국이 되면서 선진국 잉여剩餘 농산물을 수입해 와서 더 이상 굶지 않았다는 이야기이다.

중·장기적으로는 통일벼 등 벼 품종 개량改良과 비료·농약의 공급확대 등으로 식량증산食糧增産에 힘써 식량의 자급자족自給自足을 도모하여 농민의 소득증대와 생활환경 개선이 진전進展됨에 따라 보릿고개도 서서히 사라져갔다는 표현이 더 적절할 것도 같다.

내가 어렸을 때만 해도 너나 할 것 없이 밀기울과 보리개떡을 먹으며 살았고, 속칭 '꿀꿀이죽'을 먹는 집도 많았었다. 북한의 김정일이 생전에 늘 인민들에게 먹이겠다고 벼르던 '이팝(쌀밥)에 고깃국'-. 우리 국민들이 '이팝에 고깃국을 먹어 봤으면 소원이 없겠다'던 시절이 바로 그 때였다.

내가 학교에 다닐 당시에는 점심시간에 우유 또는 분유가루, 강냉이 죽, 그리고 강냉이 빵이 우리의 허기를 달래주곤 했다. 대부분의 아이들이 영양상태가 부실했던 때라 우유나 분유를 볼에 묻히며 입에 한 입 먹는 것 까지는 좋았는데, 설사가 나는 바람에 화장실이 장사진長蛇陣을 쳤던 기억도 새롭다. 또 강냉이 죽을 조그만 노란 양재기에 받아서 자리로 돌아와 앉으면, 그 새 표면에 한 꺼풀 막이 생긴 것에 '당원'을 넣고 저어서 맛있게 아껴 먹던 기억이 지금도 눈에 선하다. 그리고 강냉이 빵은 배가 고프지 않을 때는 그렇게 맛이 없다가도, 시장할 때는 세상에 이보다 더 맛있는 빵이 없는 것 같은 착각이 들 정도였다.

그러던 우리나라가 약 반세기 후인 2011년 유로존 재정위기 확산에 따른 장기화와 미국의 '재정절벽' 위험, 중국의 수출부진 등으로 세계경제에 먹구름이 드리우면서 커다란 난관에 봉착^{逢着}한다. 또한 수출 마이너스 전환, 내수부진 등으로 성장률 하락, 가계부채 규모 1,000조원 돌파 등 3중고로 큰 어려움을 겪는다.

이런 어려움 속에서도 2012년 우리 경제는 2011년에 이어 수출 5,000억 달러 돌파와 무역 1조 달러를 연속해서 달성하는 저력^{底力}을 과시, 세계 일류 무역 강국으로 발돋움하는 발판을 마련했다. 한편, 한미 FTA 발효와 한중 FTA 협상 등으로 우리나라의 경제영토를 확장해 보다 윤택하고 풍요로운 삶의 질^質을 향상시키는 데 일조^{一助}했다.

이렇게 상전벽해^{桑田碧海}로 변한 우리나라 경제가 우리 삶에 있어서는 잘못된 경우도 많다. 일례로 한 해 동안 버리는 음식물 쓰레기를 돈으로 환산^{換算}하면 15조원에 이른다. 지금 지구촌에는 굶주리는 사람들이 북한 말고도 지천에 깔려 있다. 남는 음식을 이들에게 전달한 방법이야 여러 가지 난제^{難題}가 있어 추후 생각할망정, 우리가 이렇게 살게 된 것이 불과 얼마나 되었다고 이러면 정말 곤란하지 않은가. '개구리가 올챙이 적 생각 못한다'는 말의 뜻을 곱씹어 봐야 할 때다.

산업화시대의 주역, 산업역군

    베이비붐 세대는 한국전쟁 후 1955~1963년에 태어난 거대 인구 집단으로서, 중화학공업 중심의 산업화시대를 이끈 주역主役이다. 이전 세대에 비해 학력이 높고 경쟁력을 갖춰 석유파동이나 외환위기, 카드사태 등 수차례의 경제위기에도 불구하고 70~80%대의 높은 고용률을 유지하였다. 하지만 2008년 글로벌 금융위기 이후 주된 직장에서의 퇴직이 본격화되면서 고용구조에 커다란 변화를 예고하고 있다.

    베이비붐 세대는 2012년을 기준으로 할 때 714.9만 명으로, 생산가능인구의 20.1%에 달하며, 취업자도 532만 명으로 전체 취업자의 23.2%를 차지하고 있다. 베이비붐 세대 중 대졸이상과 고졸의 비율은 각각 22.0%와 44.9%로, 베이비붐 이전 세대1946~1954년생의 11.4, 28.9%를 크게 상회2012년 기준하고 있다. 베이비붐 세대는 '희망 은퇴시점'과 '실제 퇴직시점'의 괴리乖離가 매우 큰 반면 '가교架橋 일자리' 시장이 발달되어 있지 않아 비자발적인 은퇴 러시 현상이 우려되고 있다. 그래서 베이비붐 세대의 취업난이 심화되고 고용률이 급락할 우려가 있으며, 더욱이 제조업에 종사하는 베이비붐 세대가 본격적으로 은퇴하면서 산업구조에도 커다란 변화가 예상된다.

산업화시대의 주역인 산업역군產業役軍을 주로 일컫는 '5060세대'는 50대와 60대에 해당하는 사람들을 이르는 말이다. 5060세대는 1954년 이후에 출생한 세대로, 전쟁 직후의 베이비붐 세대이기도 하다. 5060세대는 정치적으로 불안한 분위기 속에서 새마을 운동과 경제 개발 5개년 계획을 통해 한국의 경제 성장을 주도한 근대화 세대다. 정치적으로는 5·16 군사 쿠데타와 유신헌법을 경험하고 베트남전에 참전했으며 박정희 전 대통령 암살에서 촉발된 1980년의 '서울의 봄'과 광주 민주화 항쟁을 목도目睹했다. 5060세대는 한국전쟁 직후에 태어난 세대인 만큼 철저한 반공교육을 받으며 성장했고 경제적으로 궁핍窮乏한 시절을 보냈기 때문에 근검절약勤儉節約 정신이 강하다. 개인보다는 집단을 우선시하는 분위기 속에서 성장했기 때문에 회사나 국가 같은 조직을 중시하는 특성도 지닌다. 5060세대는 농경사회에서 산업사회로, 그리고 다시 정보화 사회로 변화한 한국 사회의 이행 과정 역시 모두 경험했다. 그런 만큼 스스로에 대한 자부심自負心이 강하고 권위적權威的이며 보수적保守的이라는 비판을 받기도 한다. 가정사를 모두 아내에게 맡기고 경제적 주체로 회사에만 매달렸던 5060세대는 사회에서 은퇴한 후 온전히 가정으로 복귀하는 데 어려움을 겪고, 자식 세대인 2030세대와는 가치관의 갈등을 느낀다.

〈5060세대 대중문화사전〉

1961년 5월 16일 쿠데타로 집권^{執權}한 박정희 대통령은 경제 개발에 앞장섰다. 1961년 한국의 연간 1인당 소득은 82달러였다. 아프리카 가나의 1인당 소득 179달러의 절반에도 못 미쳤다. 나는 1965년에 초등학교에 입학했는데 한 학급 학생수가 65명이나 되었다. 지금과 비교하면 격세지감^{隔世之感}이 있다. 또 학생들을 통제하기 위해 체벌^{體罰}이 횡행^{橫行}했고 주입식^{注入式} 교육이 불가피했다.

정부 주도로 여러 산업정책이 시행^{施行}되었다. 외화를 벌어들이기 위해 수출^{輸出}은 신앙^{信仰}과 같은 개념이었다. 가히 '수출전쟁'이 '산업역군'에 의해 충실히 수행^{隨行}되었다. 박 대통령은 1973년 이후엔 제철, 조선 등 중화학 공업에 역점^{力點}을 두었다. 한국의 국내외 전문가들은 무모^{無謀}한 정책이라고 비판했다. 그러나 놀라운 성과가 나타나면서 고속 성장이 이어졌다. 1972~1979년 사이에 한국의 1인당 국민소득은 5배가 넘게 증가했고, 수출은 9배로 늘어났다. 세계에서도 유례가 없는 속도여서, 세계 각국은 '한강의 기적^{奇蹟}'이라고 평하며 서로 보도하기에 바빴다.

내가 살아온 55년 사이에 한국의 경제성장과 이로 인한 사회적 변화는 실로 경이^{驚異}에 가깝다고 해도 과언이 아니다. 한국은 최빈국^{最貧國}에서 출발해 1인당 소득이 포르투갈과 맞먹는 나라로 자랐다. 주요 수출품으로는 텅스텐, 가발 등에서 이제는 이동전화기, 평면 TV, 자동차 등으로 고도화되었다.

한국의 성공 비결이 무엇인가를 놓고 대부분의 경제학자들은 "자유 시장 원칙을 따랐기 때문"이라고 분석^{分析}한다. 그들은 "한국은 안정된 통화 가치와 작은 정부를 갖추고 민영 기업과 자유 무역을 토대로 경제를 운영하며 외국인 투자에 대해 우호적인 태도를 견지堅持해 왔다"고 보충 설명을 한다. 이런 견해는 애덤 스미스와 그의 추종자들의 자유주의 경제학을 현대적 관점에서 해석한 것으로 흔히 '신자유주의 경제학'으로 알려져 있다. 우리나라는 또 '산업의 쌀'이라고 일컬어지는 포항제철현 POSCO 이 박태준이라는 걸출傑出한 인물의 주도主導 아래 국영기업으로 출발, 성공 신화를 일궈냈다. 1960년대 말, 한국 정부는 현대적인 제철 공장을 짓는다며 세계은행에 융자를 신청했었는데 세계은행은 "이 사업 계획은 실현 불가능하다고 사료된다"며 거절했다. 한국에는 제철에 필수 원료인 철광도 태부족太不足했고 가까운 중국에서 수입할 수도 없었다. 머나먼 호주에서 철광석을 수입한다니 성공 가능성이 보였겠는가. 우여곡절迂餘曲折 끝에 1973년 조업을 시작한 포항제철은 10년도 채 지나지 않아 세계적으로 손꼽히는 우량 제철회사로 부상浮上해 세계를 깜짝 놀라게 했다.

당시 중국의 실권자實權者이며 '개혁·개방의 총설계사'로 추앙推仰받는 등소평鄧小平이 이러한 한국의 비약적인 발전에 주목注目하고, 관료들에게 한국을 배우도록 지시했다는 일화逸話는 유명하다. 또 덩샤오핑鄧小平은 1979년 미국 방문 후 '흑묘백묘론黑猫白猫論'을 들고 나왔다. 원래는 '검은 고양이든 흰 고양이든 쥐를 잘 잡는 고양이가 좋은 고양이'라는 뜻이다. 이 말의 속뜻은 자본주의든 공산주의든 중국 인민을 잘 살게 하는 것이 중요하다는 것이다. 그 후 1980년대 중국의 시장경제를 대표하는 용어가 되었다. 결과적으로 등소평의 이러한 실용주의적實用主義的 개혁·개방정책은 오늘날 중국의 비약적인 경제발전을 가능케 한 원동력으로 일컬어진다.

아무튼 이제는 세월의 뒤안길에서 과거를 회상하는 위치에 있는

'산업역군'들에게, 그동안 고생하셨다는 따뜻한 위로의 말 한마디 건네고 싶다. 그런데 아뿔싸, 여기에는 이제 나도 해당되는 구나!

미국의 은퇴전문가인 샌드라 티머맨 메트라이프 부사장은 최근 서울대 노화고령사회연구소와 함께 한국의 베이비부머에 대해 공동 연구를 진행하고, 그 결과를 서울에서 발표 조선일보 2013. 6. 2일자 참조 했다. 올해 72세의 티머맨 부사장은 "지금의 50~70대는 과거에 비해 육체적·정신적으로 훨씬 젊고, 현명하며 의욕이 넘친다. 5060세대는 우리 사회의 짐이 아니라 자산資産"이라고 말했다.

그는 이어 "한국의 베이비부머는 은퇴를 불과 몇 년 앞두고 있는데도 재무적인 부분은 물론 , 은퇴 후 수십 년의 인생을 어떻게 살아갈지에 대한 계획이나 준비가 거의 안 되어 있다"고 우려憂慮 했다. 그러면서 정부와 기업이 5060세대의 활용방안을 적극 모색해야 한다는 주장을 폈다. 또 한국과 미국의 5060세대는 스스로 매우 젊다고 생각하고, 젊게 살려고 여러 가지 노력을 한다는 점에서 공통점이 있다고 했다.

연구결과를 보면 5060세대는 지적知的으로도 전혀 뒤처지지 않는다고 하면서, 의사결정이나 전략적 판단 능력은 오히려 나이가 먹을수록 더 발달한다는 것이 뇌 과학자들에 의해 증명됐다는 것이다. 이런 점들을 주의 깊게 살펴보면 5060세대는 여전히 인적 자원으로서 충분히 가치 있는 삶이라는 것을 알 수 있다고 말했다. 기업의 관점에서 봐도 5060세대는 소비자로서, 근로자로서 여전히 가치가 높다는 게 그의 지론持論이다.

그는 "나이 든 사람들이 젊은 사람들에 비해 근로윤리가 뛰어나고, 회사에 대한 로열티도 높아 조직 전체에 상당한 본보기가 된다"
고 했다. 이에 따라 미국에서는 '제2의 성년기'라는 말이 주목받고
있다고 전했다. 21세부터 60세까지의 '제1의 성년기'가 지나면 61세
부터 다시 경제적·사회적으로 활발한 활동을 펼치는 제2의 성년기
가 찾아온다는 것이다. 마지막으로 그는 "어느 날 갑자기 퇴직해 경
제적 혹은 다른 이유로 자신이 원하지 않는 일을 하면서 수십 년을
보내는 것보다, 제2의 성년기를 어떤 일을 하면서, 어떻게 살 것인지
를 계획하고 준비하자는 움직임이 많다"고 했다.

그러므로 715만 베이비부머들이여, 걱정은 이제 그만 하고 희망찬
진군進軍의 나팔을 소리 높이 울려라!

'어느 날 귀로에서'

베이비붐 세대는 막내인 63년생이 올해 50대 ^{1955생부터 1963년생} 로 진입^{進入}해서 이제 우리나라의 50대는 베이비부머로 가득 차게 되었다. 이들은 오늘날의 대한민국을 만들어낸 산업역군 제2세대 후기세대이다. 근대화가 본격적으로 시작된 1960년대 후반부터 산업현장에서 땀 흘리기 시작한 사람들은 당시 고등학교를 갓 졸업한 1945년생부터니까 이 해방둥이부터 1954년생까지를 제2세대 전기세대로 보고 있다. 1960년대에 산업현장에서 일하던 30대 이상이 제1세대가 되는데, 그들은 지금 70세 이상인 분들이다.

이제 베이비붐 세대가 일선에서 막 은퇴를 시작해서 자영업자들과 공무원을 제외하고는 대부분 조만간 현장에서 물러난다. 한편으로는 이들은 현재 대한민국을 이끌어 가는 핵심^{核心}세력이기도 하다. 정부의 장차관들을 비롯한 최고위직 관리들과 군 장성^{將星}들, 법원장이나 검사장들, 또 대학의 총장들, 기업을 움직이는 경영진들은 거의 모두 이들이 차지하고 있다. 잘나가는 이런 사람들이나 대학교수들, 또는 일부 성공적인 자영업자들을 제외하면 모두들 일선에서

물러나야만 한다. 이것은 지극히 자연스러운 인생의 순환循環 현상이
기도 하다. 이들은 산업역군 제2세대 전기 선배들이 자신들이 가진
모든 것을 자식들에게 올인하지 않고 노후를 준비하는 모습을 보아
왔다. 그들 나름대로 준비를 해왔겠지만 막상 현직을 떠나면서 눈앞
에 놓인 은퇴 후 30년이라는 기나긴 미래가 크게 걱정이 되는 베이
비부머들이 많을 수밖에 더 있겠는가. 지금은 100세 시대가 아닌가
말이다.

다행히 50대의 저축률은 22.4%정도로 높은 편이고 노후행복지수
(자가 보유율, 노후 준비율, 월평균 저축율, 노후추정소비액의 현 소
득 대비비율)가 70.7%로 다른 세대에 비해 가장 높게 나타난다. 이
들이 가진 평균 순자산도 3억 5천만 원2011년 추산 정도로 많은 편이
기는 하다. 그러나 문제는 부익부富益富 빈익빈貧益貧으로 대부분은
평균 순자산만큼 재산을 가진 것이 아니고, 또 집을 팔아가며 노후
를 보장받을 만큼 용기가 있는 것도 아니다. 약 50.8%는 스스로를
저소득층인 하위층이라고 보고 있는데다 자신들이 아무리 힘들어
도 자식들에게 의존하려는 사람들은 전무하다시피 하다. 그러므로
스스로를 하위층이라 여기는 사람들의 미래에 대한 불안감은 매우
크다.

이들은 이미 퇴직했거나 빚투성이인 사람, 거기에 부모 봉양가 자
녀 부양의 짐을 잔뜩 지고 있는 평범한 가장들이 대부분이다. 불투
명한 앞날과 궁핍窮乏한 현실이 주는 불안심리 배경에는 박정희 시
대에 대한 막연한 향수가 깔려 있다. 비록 많이 배우지 못했어도 일
자리가 많았던 그 시대의 흐릿한 기억의 편린片鱗들이 자리하고 있
는 것이다. 베이비부머 중하층 500만 명 중에서 300만 명은 영세한

자영업자이고, 200만 명은 퇴직과 실직, 또는 무직자들이다. 이들은 특별한 사람들이 아니라 우리 이웃이며 동네 아저씨들인 '장삼이사張三李四'들로서, 특히 평일 산에 가면 틀림없이 만날 수 있다. 50대 남자들이 왜 산으로 가는지 그 이유를 따져 묻는 사람은 대한민국엔 없다.

이 베이비부머들이 지난 70~80년대 구로산업공단을 비롯한 전국의 산업공단을 누비던 '공돌이, 공순이'의 원조元祖였으며, '한강의 기적'을 일군 장본인張本人들이었음을 누가 알아주겠는가?

이들은 당시 월급으로 평균 5만 원 정도를 받았다. 그래도 휴일 데이트할 때는 밑이 넓은 판탈롱 바지에 구두 반짝반짝 광내고 디스코장에 드나드는 낭만浪漫을 즐겼다. 또 연기 자욱하고 시끌벅적한 다방에 앉아 애꿎은 담배만 축내면서도 미래의 꿈과 희망을 그렸다. 다방 레지가 "사장님, 전화요!"하면 열서너 명이 뒤돌아보며 "나야?" 하며 자기를 가리키던 시절이었다. 10년 뒤 진짜 소小사장이 된 이들은 국내외로 좌충우돌左衝右突 부딪치며 당시 정부의 캐치프레이즈인 '증산增産·수출輸出·건설建設'의 함성에 청춘을 고스란히 바친 세대였다.

그런데 10년 뒤 느닷없이 들이닥친 IMF 환란에 공장이 무너지는 것을 속절없이 바라봐야 했고, 직장인 서넛 중 하나는 정든 직장을 뒤로하고 떠나야 했다. 여기에서 살아남은 사람도 10년 뒤에는 밀려나기에 바쁜 것이 최근에 일어나는 일이다. 평균 퇴직연령 52.7세에 3억 원짜리 아파트와 1억 현금을 손에 쥐고……. 그것도 고용보험과 연금도 거의 없는 무소득의 아득한 낭떠러지로 무작정 떨어지는 서

글픈 자화상自畫像의 군상群像들이 바로 한국의 50대 베이비부머들의 현주소다.

　국민연금연구원이 조사한 국민노후 관련보장에 관한 자료에 의하면, 부부가 노후에 광역시에서 살려면 최소 143만원, 적정 205만원2012년 추산이 필요하다고 한다. 그러나 국민연금보험에서 지급되는 연금은 장기간 정상적으로 납부한 사람들만 해당100만원 대된다. 더구나 수급대상자라 하여도 국민연금만으로는 안정된 노후생활을 하기에는 어렵다. 그래서 다른 연금에도 가입하여 미래에 대한 확실한 보장을 기대하지 않을 수 없다. 그러므로 이제 노후를 위해 반드시 필요한 연금보험에 가입할 때는 전문가들의 도움을 받아가면서 하나하나 꼼꼼히 따져보고, 보다 신중하게 접근해야 될 것 같다. 노인복지를 담당하는 정부기관에서도 이를 위한 전문가를 배치하여 상담해주면 바람직하다 하겠다.

　자녀 결혼과 학비, 8년여에 이르는 무소득 기간을 아파트와 퇴직금으로 버텨야 하는 이들 베이비부머들은 중산층에서 급전직하急轉直下로 등급이 '조정調整'되고 있는 중이다. 하류층 편입編入을 눈앞에 둔 이들에게 가장 절박한 것은 일자리다. 25년 직장인을 야구의 만루滿壘에서처럼 무작정 밀어내는 한국의 현실 − 우리는 대졸 남자 기준으로 병역의무를 마치면 27세쯤 취업해 50대 초반까지 25년 정도 일하다 퇴직한다. 50대 초중반은 생애주기에서 가장 돈이 많이 드는 시기다. 한국인에게 퇴직은 말 그대로 '인생의 재정절벽財政絶壁'에 다름 아니다. 정든 직장과 동료에게 아쉬운 작별을 고하고 힘없이 집으로 돌아오는 베이비부머들의 막막한 심정에 그나마 최근 국회에서 통과된 '2016년부터 60세로 정년 연장'은 가뭄의 단비인가, 아니면 '만시지탄晩時之歎'의 감이 드는 그냥 비인가?

서울대 사회학과 송호근 교수가 작사하고 '가왕歌王' 조용필이 부른 '어느 날 귀로歸路에서'를 소개한다. 최근 '그들은 소리내 울지 않는다'라는 저서를 통해 50대 베이비부머들의 삶의 애환哀歡을 속 시원히 풀어준 송 교수는 이 노래 가사에 숨어있는 '비하인드 스토리'를 다음과 같이 풀었다.

"도시로 진입하지 못했던 '꿈(1989년)'의 화자話者는 이십 수년의 직장생활을 마치고 '돌아오는 길목'에서 북받치는 회한悔恨을 애써 자제自制한다. 음조로는 '추억 속의 재회' 후속편처럼 느껴지는 '귀로'의 멜로디는 맺고 끊음 없이 흘러가는 현대성의 공간空間인데, 거기에 '내 푸른 청춘의 골짜기에는 아직 꿈이 가득해'라고 읊조리는 근대적 인간이 맴돌고 있다. 맴도는 사람을 포용하듯, 기차역 플랫폼 전주음前奏音이 도입부에 흐르고 후미後尾에 다시 반복된다. 어디론가 가고 있지만 끝은 없다는 작곡자의 강렬强烈한 암시暗示 다."

어느 날 귀로에서

돌아오는 길목에 외롭게 핀 하얀 꽃들
어두워진 그 길에 외롭게 선 가로등이
빛나는 기억들 울렁이던 젊음 그곳에 두고 떠나야 하네
이별에 익숙한 작은 내 가슴속에 쌓이는 두려움 오오오오
내 푸른 청춘에 골짜기에는 아직 꿈이 가득해 아쉬운데
귀로를 맴도는 못다한 사랑 만날 수는 없지만
이제는 알 것 같은데

돌아오는 길목에 기다리던 그대 모습

어두워진 그 길에 나를 맞는 그대 미소

화려했던 시간들 울고 웃던 친구들 그곳에 두고 떠나야 하네

앞만 보고 달려온 지난날의 추억을 아파하지 마라 오오오오

나는 왜 귀로를 맴돌고 있나 아직 꿈이 가득해 그 자리에

나는 왜 귀로를 서성거리나 돌이킬 수 없지만

이제는 알 것 같은데

나는 왜 귀로를 맴돌고 있나 서성거리나

네 푸른 청춘의 골짜기에는 아직 꿈이 가득해 아쉬운데

나는 왜 귀로를 맴돌고 있나 아직 꿈이 가득해 그 자리에

나는 왜 귀로를 서성거리나 돌이킬 수 없지만

이제는 알 것 같은데

58년 개띠 인생

나는 그 유명한 58년 개띠 중의 한 명이다.

사회에서는 위아래에 끼어 때로는 양쪽으로부터 따돌림을 받는 일도 있다지만, 사실은 양쪽 세대 중간에서 이렇게 다리 역할을 해온 세대다. 우리가 없으면 되는 일이 없다.

예를 들어 우리는 모르는 노래가 없다. 트로트부터 신세대 노래까지, 아무 노래나 다 할 수 있다.

소위 58년 개띠를 나타내는 키워드들이 있다.

이를테면 '콩나물교실'로 일컬어지는 2부제 수업, 옥수수죽, 국민교육헌장, 중·고교 추첨 입학, 고교평준화, 졸업정원제, 장발, 유신헌법, 경제개발, 긴급조치, 부동산과 주식 폭등, 5대 신도시 건설, 기러기 아빠…….

우리 부모님들이 6·25전쟁 통에 흩어졌다가 자리 잡는데 3~4년이 걸렸을 것이고, 이제 정착하여 애를 낳으면서 베이비붐을 이루기 시작해 아마 그해, 58년에 절정絶頂에 달했던 모양이다. 아닌 게 아니라 애들이 많긴 많았다. 한 반에 120명이 3부제로 공부하였으니 콩나물시루도 이런 콩나물시루가 없다. 당시 선생님들이 아이들 이름이나 외우고 계셨는지 모르겠다는 생각이 든다.

국민교육헌장國民敎育憲章이 5학년 때인가 발표되었는데, 말뜻도 모르고 그거 외우느라 끙끙대던 기억이 새롭다. 또 중3때인가 마침 유신헌법維新憲法이 제정制定되어 입시공부 맞추어 하느라 애먹었던 기억도 있다. 한국적 민주주의의 토착화土着化라고 했던가.

아침이면 동네 스피커에서 새마을노래가 힘차게 울려나오고, 그때는 학교 다닐 때도 온 동네 아이들이 마치 군인행렬처럼 줄을 서서 다녔었다.

그때는 취직就職 걱정이 요즘처럼 그리 심하지 않았던 것 같다. 경제가 나날이 발전하였고 훈련된 사람은 여기저기에서 태반 부족하였으니 말이다.

취직걱정이라기보다 잘살고 못사는 자들의 틈이 그때부터 심하게 벌어지기 시작했던 것인지, 이전에는 덜하던 사회문제가 불거져 나오곤 하였다.

소외疏外도 컸고 좌절挫折도 깊었다. 거리에서는 늘 최루催淚가스 냄새가 나는 듯하였고, 긴급조치緊急措置에 야간통금夜間通禁에 장발長髮단속에…… 무엇엔가 눌리고 쫓기고 그랬다.

그 당시 꿈을 잃은 우리들을 환호歡呼하게 만들었던 노래가 있었다. 고래 잡으러 가자고 대낮에도 고래고래 노래 부르게 만들던 가

수 송창식의 '고래사냥'이 바로 그 노래다.

　우리만 그랬을까마는, 사는 내내 변화도 많았고 경쟁도 심했던 것 같다.
　통신수단도 회사생활 처음 몇 년 동안은 글자 한자 한자에 돈이 지불되는 텔렉스로 하였다.
　이후 팩스가 나왔는데 그림도 보낼 수 있어서 얼마나 좋던지…….
이어서 286, 386PC, 이메일에 이르기까지 그럴 때마다 기계에 주눅 들며 살아온 세월이 얼마인지 모른다.

　죽죽 성장하기만 하던 회사도 어느 순간을 넘어서고부터는 어려워지기 시작했고, 그럴 적마다 슬슬 눈치가 보이는 것이었다. 사람을 한꺼번에 너무 많이 뽑아놓은 것이다. 단지 IMF 때만이 아니었고 그 전부터 그랬다.
　58년 개띠를 비롯한 베이비부머들이 직격탄直擊彈을 맞은 게 IMF 시기였다. 만 40세가 되던 1998년, 우리들이 퇴출退出 1순위로 꼽혔다.
　후배들은 우리가 너무 늙었다고 생각했을 것이고, 선배들은 젊고 유능한 애들은 얼마든지 있다고 생각했을 것이다. 쉬기에는 너무 이르고 새롭게 시작하기에는 좀 늦은 듯해 보이는 그 나이에, 차라리 일찍 잘렸더라면 형편이 지금보다는 좀 나아졌으려나?

　죄라면 그저 열심히 충성忠誠한 죄밖에 없다. 토요일, 일요일도 없이 일에만 미쳐있는 사이 친구하고도 멀어져갔고, 취미생활이랄지 이직에 대한 대책, 이런 것에 대한 대비는 사실 눈 한번 팔 겨를도 없었다.

우리가 너무 우직愚直했던 것일까? 회식자리 한번이라도 빠지면 큰일 나는 줄 알고, 매번 2차에까지 얼굴 비치며 이마에 넥타이 동여 메고 그러는 동안 몸까지 망가져버렸다.

회사 다니는 동안에는 별 탈도 없는 것 같더니, 물러나고 보니 그제야 여기저기가 아파와 '움직이는 종합병원' 신세가 되었다.

문득 마치 누군가가 밖에서 부르는 듯이 바람을 쏘이고 싶어져 밖에 나갔다. 하늘에 별이 총총한 밤이다. 별들도 취한 것인지 하늘이 흔들렸다.

아, 우리들의 축제의 촛불은 아직 꺼질 줄 모르고 이어져가는 것인가!

7080세대 파이팅!

네이버 지식백과의 대중문화사전에 의하면, '7080세대'란 1970년 대와 80년대에 대학 생활을 하며 20대를 보낸 세대로, 2013년 현재 40대 중반에서 50대 중반에 이른 중장년층을 가리킨다. 7080세대는 암울한 정치사회적 분위기에서 낭만 속으로 도피하여 청년기를 보냈다. 이들은 군사독재 정치 상황이 불러온 휴교 조치 속에서 DJ가 있는 음악다방에서 팝송이나 포크송을 들으며 통기타와 맥주, 장발로 대변代辯되는 청년문화를 형성해 나갔다.

7080세대는 1989년의 6·29선언을 통해 독재정치로부터 항복을 받아냈지만, 뒤이어 등장한 90년대의 신세대 문화에 밀려 이들의 문화는 갑작스럽게 사라졌다. 랩이나 힙합으로 대변되는 신세대 문화 코드에 동화되지 못한 7080세대는 한동안 문화적 변방邊方에 머물러야 했던 것이다. 그러나 2000년대 초반부터 불기 시작한 복고復古 바람을 타고 이들의 문화가 다시 주목받게 되면서 7080세대를 위한 TV 프로그램들이 신설되기도 했다. 2000년대 중장년층에 안착한 7080세대의 경제소비력이 이들 세대의 문화를 다시 부활復活시키는

데 큰 영향을 미친 것으로 분석되기도 한다. 7080세대의 향수鄕愁를 자극하는 1980년대 가요들의 리메이크 열풍이나 포크 콘서트의 인기가 그 한 예가 될 수 있다.

　최근 여러 가요 문화 다양성에 있어 가장 주목할 만한 현상으로 현재 40대와 50대 대중으로 대표되는 '7080' 세대의 문화소비 현상을 들 수 있다. 즉, '7080'시대의 추억追憶이 상품화되고 재생산되며 대한민국 경제의 흐름을 바꾸고 있다. '7080'이라 불리는 한 세대의 코드를 상징하는 신조어新造語가 탄생되고 그렇게 명명命名된 새로운 세대별 코드는 여기저기 크고 작은 하위문화로 그 폭을 넓혀가며 '7080문화'라는 새롭게 정의된 독특한 형태의 중년문화로 자리 잡았다. 또한 그렇게 자리 잡은 '7080문화'는 추억과 향수鄕愁로 포장된 다양한 형태의 문화상품을 쏟아내고 있다.

　나를 포함한 7080세대는 가난했던 산업화 시대에 유년幼年시절을 보내고 독재정권에 맞서 대학에서, 혹은 거리에서 민주화 투쟁을 하며 경험했던 '7080'세대만의 독특했던 청년문화가 마음속에 자리 잡고 있다. 그리고 사회의 주체세력이 된 후, 90년대 후반부터 시작된 IMF의 경제난으로 사회적 시련을 겪어야 했고, 소위 '베이비붐 세대'로 지칭指稱되는 우리에게 '콘서트 7080' 문화는 무엇을 말해주고 있는가?

　결론적으로 말해 '7080'콘서트가 이렇듯 사회적 이슈가 되고, 더 나아가 '7080'문화가 새로운 문화형태로 자리 잡게 된 것은 청년기의 억압抑壓 당했던 감정들과 IMF 경제 상황으로 인해 힘들었던 중년기의 경험들이 '추억'이라는 단어를 앞세워 억압당했던 것만큼, 힘들었던 것만큼 한꺼번에 쏟아 붓듯 표출^{表出} 된 것이 아닌가 생각된다.

또한 대중가요가 현재 10대와 20대가 주도하고 있는 가요계 상황을 고려해 볼 때, 현재 유통되고 있는 대부분의 대중가요들이 그렇듯이 직설적인 표현과 자극적인 표현에 익숙하지 않던 세대 간 정서^{情緒}의 차이가 현재의 대중가요를 외면하게 만들었다. 그 노래들로부터 소외당하며 아예 대중가요에 대한 무관심이 형성^{形成} 되어 문화적 이질감^{異質感}과 세대 간 문화의 틈이 생겨났다고 볼 수 있다.

이러한 '7080'세대의 문화 공동현상^{空洞現像}이 심화^{深化}된 상태에서 2004년 때마침 '7080'콘서트가 열렸다. 이 콘서트를 계기로 대중가요로부터 소외당했던 '7080'세대를 새로운 문화의 장으로 끌어들이며 강력한 '7080'문화를 형성하기에 이른 것으로 보인다. 특히, 당시 엘리트 문화로 여겨지던 대학 캠퍼스에서 만들어진 노래들의 가사에 내재^{內在}된 순수성과 은유적^{隱喩的} 표현이 가미^{加味}된 낭만적인 노래들은 요즘 대중가요에서는 느낄 수 없는 진한 향기를 품고 있다. 즉, 동 시대를 살아오며 생성된 개인적 취향과 사회적 성향이 '추억'으로 포장되고, 요즘의 대중가요에서는 느낄 수 없는 순수^{純粹}함과 진정성^{眞正性}이 담긴 노래들이 '7080'세대의 정서^{情緒}를 자극하며 상품으로 생산되어 사랑받고 있는 것이다.

재작년인 2011년 4월 경 방송계와 가요계는 이른바 '세시봉 열풍'에 휩싸였었다. 촉매제는 문화방송의 '유재석·김원희의 놀러와'에서 설날 특집으로 조영남, 이장희, 송창식, 윤형주, 김세환을 출연시킨 것이 발단이었다. 서울 명동의 통기타 클럽 '세시봉' 시대를 대표하는 5명이 통기타를 치며 부르는 노래에 시청자들은 전율^{戰慄}했다. '7080'세대는 지난날을 회상하며 감회感懷에 젖어 뜨거운 눈물을 쏟았다. 감동의 물결은 '세시봉 친구들' 콘서트 연속 매진賣盡으로 이어졌고, 마침내 그해 7월 미국 콘서트까지 이어지는 저력底力을 발휘했다.

'세시봉' 열풍熱風은 산업적 측면에까지 영향을 미치고 있다. 기타 교습학원에 젊은이들의 발길이 부쩍 늘었고, 통기타 제조회사의 매출이 증가하고 있다. 그리고 특기할 만한 것은 턴테이블을 찾는 소비자의 주문이 늘었다는 것이다. 판이 돌아가며 내는 '비 내리는 소리'나 '고구마 굽는 소리'가 듣기 좋다며 CD 대신 LP 음반을 선호하는 젊은 사람들이 증가한 결과다. 당연한 이야기지만 LP로 음악을 틀어주는 음악 카페가 늘어나고 있는 것이 '세시봉' 이후의 변화라고 할 수 있다. '7080'세대는 자녀들을 이제 다 키웠다. 이제는 경제적으로, 또 시간적으로 여유가 생겼다. 그동안 아이들이 좋아하는 것 위주로 살고, 아이돌 문화를 강요받다가 잊고 살았던 문화 욕구가 '세시봉'으로 말미암아 드디어 뇌관雷管을 건드리는 꼴이 되어 폭발한 것이다.

이렇게 '7080'문화는 지금의 중장년이 피 끓는 시절에 만들고 이끌며 향유享有했던 문화이다. 대학 캠퍼스, 해변가, 대성리, 마석, 그리고 지금은 없어진 경춘선에서 불렸던 노래가 '7080'음악이다. 나는 특히 경춘선을 타고 강촌江村에서 기타를 치고 노래 불렀던 추억이 새록새록 난다. 이런 청년기를 보냈던 사람들이 삶의 현장으로 들어갔다. 이들은 생활전선에서 1년에 영화 한 편 보는 것으로 문화생활을 영위營爲하는 것이라고 생각해왔다. 베이비붐 세대는 소비문화에 익숙하지 않은 '낀 세대'라고 단정할 수 있다.

58년 개띠인 내가 살던 시대는 농경사회農耕社會에서 산업사회産業 社會로 넘어가는 과정이었다. 정치적으로도 격정激情의 시기여서 우 리들은 생존과 경쟁하는 데 급급한 인생을 살아왔다. 하지만 우리 는 남의 부모님과 다른 선배도 공경恭敬하는 마음 씀씀이가 있었다. 모든 것이 열악劣惡했지만 낭만浪漫과 우정, 그리고 우애가 있었다. 또 서로 사정이 고만고만해 애초에 위화감違和感 같은 것은 없었다.

지금의 중장년은 정情이 있고 의리義理가 있다. 통기타 음악은 가 사에 기승전결起承轉結이 있었고, 노랫말 그 자체로 시詩였다고 해도 지나친 말이 아니다. 통기타는 심성心性을 부드럽게 하고 정서情緖 함 양涵養에도 도움이 된다. 기타를 연주하며 노래하면 느끼는 희열喜 悅이 엄청나다. 악가와 혼연일체渾然一體가 되어 협연協演하면 감정 몰 입도가 높아지고, 또한 한 곡을 끝내면 성취감이 굉장하다. 아무튼 세시봉 열풍은 7080세대가 '아, 우리 것이 있었잖아!' 라는 자각自覺 에서 비롯되었기 때문에 오랫동안 지속持續될 것이다. 참, 조영남 형 님, 제가 옛날에 스케이팅 가르쳐 드렸지요? 지금도 잘 타시는지 궁 금합니다. 제가 지금 쓰고 있는 책이 나오면 한번 찾아뵐 테니, 그때 소주 한잔 하시지요!

아, 그 시절 그 때가 그립다. '7080'이여, 영원永遠하라!

지금은 '푸어' 전성시대

'하우스 푸어'란 한마디로 주택을 보유하고 있으나 과다한 원리금 상환 부담으로 생활고를 겪는 가구를 말한다. 통계청의 가계금융조사 자료 등에 따르면, 전체 1천 730만 가구 중 150만 가구 정도가 하우스 푸어에 해당하는 것으로 추산推算되고 있다. 하지만 아직까지 정확한 현황이 파악되지 않고 있다. 더욱이 하우스 푸어가 처한 상황에 따라 실효성 높은 맞춤형 대책을 추진하기 위해서는 자금용도, 다중채무 여부, LTV(담보가치인정비율) 수준, 소득 수준 등을 기준으로 하우스 푸어에 대한 실태파악이 선행先行되어야 하지만, 아직까지 그러한 자료는 전무全無한 실정이다.

이 결과 2012년 말 기준으로 전 국민의 가계부채가 1,100조 원에 육박해 우리 경제의 발목을 잡는 불안요인으로 대두擡頭되고 있다. 집주인이 주택을 팔아도 대출금과 전세금을 다 갚지 못하는 '깡통 주택'을 의미하는 담보가치인정비율(LTV) 80% 이상인 대출도 3조원을 넘어섰다. 가계부채의 심각성은 오래 전부터 제기되어 왔지만 규모가 계속 증가하고 있고 마땅한 해결책도 보이지 않는 실정이다.

가계부채 문제를 해결하기 위해 정부를 비롯해 정치권과 금융권 등에서 다양한 솔루션을 강구講究하고 있긴 하나, 경기침체 등으로 인해 근본적인 해결책 마련이 쉽지 않은 것이 현실이다.

가계의 과다한 부채는 하우스 푸어들의 전반적 상환능력이 떨어질 경우 국민경제에 큰 부담으로 작용할 것이 명약관화明若觀火하다. 과다한 가계부채는 하우스 푸어들의 실질소득과 소비를 감소시켜 경기침체로 이어지고, 경기침체는 다시 소득을 감소시키는 '부메랑 효과'로 나타나 부채상환 능력을 악화시키는 악순환으로 나타나게 되는 것이다. 나아가 이러한 가계부채의 부실로 인한 손실이 금융기관의 건전성을 위협할 경우에는 금융시스템 전반에 걸친 위기로까지 비화飛火될 수도 있다. 하지만 아직 이러한 위기보다는 가계부채에 대한 부담이 실물경제 침체와 서민경제의 붕괴崩壞라는 사회적 문제로 비화할 수 있다고 본다. 실제로 최근에 소비가 급격하게 위축되고 일부 중산층마저도 부채를 감당하기 어려운 상황으로 내몰리는 등 서민경제를 어렵게 하는 사회문제로까지 확산될 조짐을 보이고 있다.

지난 2011년 말 통계청 자료에 따르면, 우리나라의 가계자산에서 부동산이 차지하고 있는 비중은 73.6%라는 높은 수치를 기록하고 있다. 또한 2012년 8월 말 금융감독원에서 발표한 자료를 보면, 가계대출 중 주택담보대출이 차지하는 비중도 67.6%에 이르고 있다. 이렇게 우리나라의 가계부채 문제가 불거진 것은, 가지고 있는 아파트 가격이 부富의 척도尺度로 인식된 데다가 오랫동안 '부동산 불패 신화'가 이어져 왔기 때문이라고 생각한다. 이런 분위기 아래에서 주택담보대출은 채무자 입장에서 내 집 마련이나 재테크를 위한 유용한 수단으로 인식되었고, 금융권 입장에서는 손실위험이 적은 대출

처로 여겨져 왔다. 그러나 글로벌 금융위기에 따른 실물경제의 침체와 부동산경기 부진으로 하우스 푸어가 속출續出하면서 주택담보대출은 채무자나 금융권 모두에게 시급히 해결해야 할 과제課題로 떠올랐다.

대출받은 자금의 용도에 따라 하우스 푸어를 분류하면 크게 세가지 유형으로 나누어 볼 수 있다. 첫 번째 유형은 부동산 활황기 2005~2007년에 내 집 마련의 꿈을 실현하기 위해 대출을 받아 주택을 구입한 사람들 중에서, 실직이나 정년퇴직 등으로 소득이 감소하여 대출 원리금상환에 어려움을 겪고 있는 경우이다. 이들은 2008년 글로벌 금융위기 이후 주택가격 하락과 정상적인 주택거래의 어려움으로 고통을 겪고 있다.

두 번째 유형은 경기침체기 2008~2011년에 은퇴 및 실직 후 창업자금 및 생계자금 마련을 위해 주택담보대출을 받았으나 자영업의 실패 등으로 대출원리금 상환에 어려움을 겪고 있는 경우이다. 한국은행 자료에 따르면, 50대 이상의 차주가 주택구입 이외 목적으로 주택담보대출을 받는 비중이 2008년 47%에서 2011년 56%로 증가하였다는 점에서, 이러한 대출을 받은 차주가 빠른 속도로 늘고 있음을 알 수 있다. 또한 이러한 유형의 하우스 푸어는 은행권 대출에 추가하여 제2금융권 등에서 추가적인 대출을 받은 다중多重 채무자가 많을 것으로 추정되고 있어 상황이 가장 심각한 경우라고 할 수 있다.

세 번째 유형은 투기적投機的 목적으로 과도한 대출을 받아 다주택을 구입한 경우이다. 대출 금액이 크고 단기간 내에 매각賣却을 전제로 무리하게 매입한 경우가 많아 부실화될 가능성이 상대적으로 높다. 특히, 주택가격 하락으로 대출금과 세입자 전세금을 합한 금액이 주택가격을 상회하는 이른바 '깡통주택'으로 전락轉落할 가능성도 높은 경우이다.

하우스 푸어에 대한 대책은 당연히 첫 번째와 두 번째 유형에 초점이 맞춰져야 한다. 그러나 세 번째 유형의 경우에는 해당 하우스 푸어의 투기로 인한 과욕過慾이 부른 '자승자박自繩自縛'이므로 결코 동정을 받을 수 없으나, 깡통주택에 입주하고 있는 애꿎은 세입자의 전세보증금을 보호하는 대책은 시급時急하다.

그러므로 하우스 푸어 문제는 우리 사회가 힘을 모아 반드시 해결해야 할 과제이며 더 이상 문제가 악화되지 않도록 시급하게 대책이 수립되어야 한다. 정부와 정치권, 금융권에서 자신들의 편의와 이해관계에 따라 단편적으로 대책을 내놓기보다는 정부를 중심으로 다양한 방안들을 종합적으로 검토하여 하우스 푸어들이 스스로 문제를 해결하는 데 실질적인 도움이 될 수 있도록 체계적인 대책을 마련하여야 할 것이다. 그래야만 하우스 푸어로부터 비롯된 '렌트Rent 푸어', '잡Job 푸어', '허니문Honeymoon 푸어', '베이비Baby 푸어', '에듀Education 푸어', '실버Silver 푸어' 등의 '푸어Poor 전성시대全盛時代'를 종식終熄 시킬 수 있다고 보는 것이다.

이러한 용어가 생긴 데는 연유緣由가 있기 마련이다. 허니문 푸어의 원인 중 주거지 마련 비용은 하우스 푸어와 연관되고, 이후 아이를 출산하여 시간이 경과 할수록 베이비 푸어, 에듀 푸어, 잡 푸어 문제까지 추가적으로 나타나게 된다. 이렇듯 누적累積되는 가계의 부담은 결국 부족한 노후대비로 이어져 실버 푸어의 문제로까지 귀결 歸結될 가능성이 크다. 이러한 '누적식 가난'의 가장 큰 부분을 차지하는 것은 하우스 푸어이다. 집을 마련하기 위한 비용부담은 '누적식 가난'의 시작인 허니문 푸어의 주요 요인이고, 기타 베이비 푸어, 에듀 푸어, 잡 푸어에 이르기까지 연쇄적連鎖的으로 큰 부담이 되고 있는 것이 오늘의 현실이다. 자, 우리 모두 심기일전心機一轉하여 '푸어 시대'를 마감하고 명실상부名實相符한 '부富의 재분배 시대'를 열어 자라나는 세대들에게 꿈과 희망을 안겨주자!

노블레스 오블리주

'노블레스 오블리주^{noblesse oblige}'란 말은 고귀한 신분에 따른 윤리적 의무로서 사회의 지도적인 지위에 있거나 여론을 주도하는 위치에 있는 사람들이 마땅히 지녀야 할 도덕적·정신적 덕목德目을 가리킨다. '귀족은 귀족다워야 한다'는 프랑스어 속담 'noblesse oblige'에서 유래되었다.

사람들은 흔히 자신이 속한 사회 지도층 인사들에게는 일반인보다 더 높은 도덕성을 요구하게 마련이며, 그러한 기대가 충족될 때에야 비로소 상류층 사람들을 존경의 눈길로 바라보게 된다. 그러나 1990년대 들어서면서 우리나라에는 철학과 도덕성을 갖춘 진정한 상류층이 존재하지 않는다는 주장이 곳곳에서 제기되면서, '노블레스 오블리주'라는 말을 곧잘 인용引用하게 되었다. 이 말에는 다음과 같은 연유緣由가 있다.

14세기에 영국과 프랑스는 '백년전쟁百年戰爭'이라는 지루한 싸움을 했다. 당시 프랑스의 '칼레'라는 해안도시는 영국군에 대항해서 1

년간 끈질긴 저항을 했지만 힘이 달려 결국 영국군에게 점령을 당하게 되었다. 칼레의 시민들은 점령군에게 자비를 구했지만 점령군은 그 동안의 항거에 대한 책임을 물어 칼레시민 중 6명을 대표로 처형處刑하겠다고 했다. 그러자 칼레시민들은 과연 어떤 방법으로, 누구를 대표로 뽑을 것인가에 대한 혼란에 빠졌다. 그때 홀연히 스스로 대표가 되겠다고 자청自請한 사람은 다름 아닌 칼레시市 최고의 부자인 '외스타슈 드 생 피에르'라는 사람이었다. 이에 용기를 얻은 시장, 법률가 등 다섯 명의 귀족들이 시민들을 구하겠다고 자발적自發的으로 나섰다. 어느 누구도 나서기 꺼려하는 마당에 그야말로 죽음의 길에 자신의 몸을 초개草芥같이 던지고자 한 것이다.

사회적으로 존경 받고 가진 것 많은 이들이 이런 결정을 내리기까지에는 엄청난 고뇌苦惱가 뒤따랐을 것이다. 비유하자면 우리나라의 3부 요인인 대통령을 비롯한 대법원장과 국회의장, 그리고 재벌그룹 회장 같은 분들이 자발적으로 나섰다는 말이다.

영국의 왕비가 이 소식을 듣게 되었고 크게 감동感動을 했다고 한다. 그래서 왕비가 왕에게 간청懇請하여 칼레시민 누구도 피를 흘리지 않게 되어 극적인 해피엔딩으로 끝났다고 한다. 이들 부자와 귀족들의 고귀한 희생정신을 기리기 위해서 후세에 로댕은 '칼레의 시민'이라는 조각을 칼레시에 남겼고, 독일의 극작가 게오르규 카이저는 이 일화逸話를 바탕으로 한 희곡을 남겼다. 이 사건이 '노블레스 오블리주'라는 말을 가장 잘 나타내는 사례로 알려져 있다.

자본주의는 장점이 참 많은 경제체제이지만 이에 못지않게 단점도 많이 가지고 있는데, 그 중에서도 가장 큰 단점은 '부富의 편중偏

重’이라고 본다. 그래서 자본주의 국가들은 ‘부의 재분배再分配’를 위해서 여러 가지 제도를 두고 있는데 세금과 사회보험이 대표적인 예라고 할 수 있다. 세금과 사회보험은 소득이 많을수록 더 많이 내야 하기 때문이다. 그러므로 자본주의의 노블레스들은 세금과 사회보험을 성실히 납부하는 것만으로도 오블리주를 실천實踐한다고 봐도 무방無妨하리라 생각된다. 실제로 수년 전에 ‘주식투자의 귀재鬼才’로 널리 알려진 워런 버핏 버크셔 해서웨이 회장은 “나를 비롯한 미국의 슈퍼 부자들이 세금을 더 내야 한다”고 말했고, 로레알 회장을 비롯한 프랑스의 부자들은 부자증세增稅를 지지支持한다는 성명을 발표하기도 했다. 그런데 우리나라의 부자들, 즉 노블리스들은 과연 오블리주를 실천하고 있는지 묻고 싶다. 부자인 노블리스에게는 오블리주가 필연적必然的으로 따라붙는 것이 상식常識이다. 그런데 대한민국의 노블리스들은 안타깝게도 오블리주를 느끼지 못하는 것 같다.

인생은 ‘공수래공수거空手來空手去’다. 돈을 많이 벌어서 저승에 가져갈 것도 아니지 않은가. 세상에 영원한 것은 없고, 영원히 나의 소유인 것도 없다. 무작정 모으는 것에만 집중하지 말고, 모은 재물을 어떻게 쓸지에 대해서도 관심을 가지면 좋겠다. 우리 속담에 “개같이 벌어서 정승政丞같이 쓰라”는 말이 있다. 나는 씀씀이에 ‘나눔의 미학美學’이 스며있을 때 정승 같다는 표현을 써도 괜찮지 않을까 생각한다. 우리 좀 나누고 살자!

그러나 예외는 있기 마련이다. ‘경주 최부자’ 집안의 독특한 ‘부자

정신'은 대체적으로 부자가 욕먹는 우리나라에서 부자가 존경받는 아주 드문 예에 속한다. 경주 최부자는 400년 넘게 12대 만석꾼, 9대째 진사를 배출한 집안이다. 지난 연말인 2012년 12월 21일 경주 최부자민족정신선양회(이사장 조동걸) 주관으로 경주에서 '경주 최부자 400년 신화 21세기 시대정신으로 부활하다'는 심포지엄이 열렸다.

'경주 최부자 400년'이란 최진립1568~1636 장군부터 12대 최준1884~1970 선생까지 이어지는 402년을 말한다. 최준 선생대代에 재산 상당수는 독립군 비밀 군자금軍資金으로 전해졌고, 또 기부寄附를 통해 영남대와 영남이공대 설립으로 이어졌다. 이날 심포지엄에서 눈길을 끈 것은 최부잣집 가문 6훈訓을 현대 경영학의 원리로 풀어낸 이강식 교수경주대 경영학과 의 발표문인데 내용은 다음과 같다.

1. 진사進士 이상 벼슬을 하지 말라

최부잣집은 과거에 합격해 진사·생원의 양반 신분은 유지했지만 관직이나 정치에는 나서지 않았다. 오늘날 '정경분리政經分離'의 선구先驅였다.

2. 만석萬石 이상의 재산은 사회에 환원還元하라

1년 소작료 수입을 만석으로 미리 정하고 초과분에 대해서는 소작료小作料를 깎아준 것이다. 이른바 '목표초과 이익분배제'다.

3. 흉년凶年에는 땅을 늘리지 마라

더불어 파장 때의 물건은 사지 말고 값을 깎지 말라고 했다. 사회적 약자의 약점弱點을 이용해 치부致富 하지 말라는 뜻이다. 구글의 사훈社訓인 '사악邪惡 하지 말라 Don't be evil '를 연상케 한다. '공정 경쟁公正競爭'의 실천이었다.

4. 과객過客을 후하게 대접하라

최부잣집은 사랑채를 개방하고 1년에 쌀 2,000가마니를 과객 접대에 썼다. 500인을 독상獨床으로 대접할 수 있는 놋그릇과 반상이 구비되어 있었다. 오늘날의 '소통 경영疏通 經營'과 연결된다. 당시 과객들은 오늘날로 말하면 소문의 주역主役인 '트위터러'라고 할 수 있다. 이들을 우대함으로써 정보 교류와 우호적 여론輿論 조성의 혜택을 누렸다.

5. 주변 100리 안에 굶어 죽는 사람이 없게 하라

이는 곧 '복지 경영福祉經營'을 말한다. '100리'는 최부잣집의 농토와 소작인 분포, 즉 자신의 경제력 내에서 돌볼 수 있는 범위다. 흉년이 들면 활인소活人所를 지어 주린 이웃에게 죽을 쑤어 주었고, 곳간을 열어 쌀도 풀었다. 최국선 참봉參奉 시절에는 빚 못 갚는 이들의 차용증서借用證書를 불태웠다.

6. 시집 온 며느리들은 3년간 무명옷을 입어라

신혼 초 서민들의 옷인 무명옷을 입게 해 근검절약勤儉節約을 익히게 했다. 또 '은비녀 이상의 패물^{貝物}을 갖고 오지 말라'고 해 혼수품 절제^{節制} 도본을 보였다. 그 밖에 최부잣집은 수리 관개^{灌漑}와 개간^{開墾}, 이앙^{移秧} 법을 실시해 생산성을 높였을 뿐만 아니라, 마름을 두지 않는 조직 슬림화 등 혁신^{革新} 경영을 선보였다.

이 교수는 "최부잣집의 상생^{相生} 경영 원리와 실천 경험은 오늘날 현대 자본주의의 문제를 해결하는 데에도 충분히 응용할 여지가 있다"고 역설^{力說}했다.

행복한 노년의 삶을 영위하기 위한 조건

우리나라는 자녀에 대한 관심은 높은 데 비해 노인에 대한 관심은 매우 저조한 편이다. 그야말로 '뒷방 늙은이' 신세라고 해도 과언이 아니다. 3,000년 전 인간의 평균 연령은 20살이었다. 1,900년대는 47살, 2008년은 80살로 불과 100년 만에 33년이 늘어났다. 2006년 우리나라는 100살 넘은 인구가 1960명, 2007년에는 4,000명을 넘겼다. 예전에는 아이 숫자가 많았고 노인 숫자는 적었다. 하지만 우리나라도 이제는 노인인구가 급격히 늘어 초고령超高齡 사회에 접어들었다.

프랑스는 120년 동안 천천히 고령화가 진행됐지만, 우리나라는 20년 만에 초고령 사회로 들어섰다. 이렇게 된 데에는 건강에 좋은 된장, 고추장, 간장 등과 같은 우리나라 전통 먹거리는 말할 것도 없고, 세계 5대 건강식품 중의 하나인 김치도 한몫을 했다고 본다.

사람이 죽지 않는(?) 것은 다른 측면에서 보면 '축복'이 아니라 '재앙災殃'에 가까운 것이 현대의 심각한 문제다. 특히 제1차 세계대전이 끝나고 1920년대에 페니실린이 개발되면서 사람들 수명은 더 늘어났다. 또 생활수준이 높아지면서 건강식품과 운동 등에 관심이 높아졌다. 이제 인간의 평균 수명은 100살을 넘어 120살까지 연장되고 있다. 120살까지 산다고 가정할 때 50·60대 성인들에게는 60·70년이라는 시간이 남아있다. 자식들 걱정으로 노년에 대한 대비를 더 이상 미룰 때가 아니다. 노년 준비를 제대로 하는 사람들은 10%도 안 된다.

신분의 벽이 높았던 조선시대 500년 동안 양반 10%를 제외한 나머지 사람들은 철저한 계급사회에서 설움을 받고 살았다. 1,900년대 들어서야 비로소 계급이 무너지면서 공부만 하면 출세할 수 있는 길이 열렸던 것이다. 배움의 기회를 박탈당하고, 무시당했던 한을 간직한 부모들은 자식 교육을 위해서라면 못할 일이 없었다. 내가 못먹고 못 입더라도 자식 공부가 우선이었다. 그 결과 현재 우리나라는 한 해 동안 사교육비로 20조 원을 쏟아 붓는 나라가 되었다.

자식 하나 잘 키우는 것이 노년 준비를 잘하는 것이라는 생각은 착각이다. 자식을 맹목적으로 사랑하는 것이 참된 교육이라 잘못 생각하는 부모들이 많다. 인생을 살아가면서 힘든 것, 즐거운 것을 하나하나 배우며 보람을 느껴야 하는데, 다른 것은 뒷전이고 공부만 잘하면 된다고 여기는 것은 말이 안 된다. 그 결과 아이들은 이기적으로 함께 어울려 지내는 법을 모르는 채 자란다.

우리나라 60살 인구의 83%가 자식을 책임지고 있고, 70살이 되어서도 64%나 자식을 경제적으로 돕고 있다. 일본 9%, 홍콩 11%에 비하면 너무나도 잘못되어 있다. 자식을 다 키우고 나서도 '문서 없는 노비奴婢'가 된 듯 자식들 인생에 매여 있다.

'긴 병에 효자 없다'는 말이 있다. '장수하는 늙은 부모 앞에 효자 없다'는 말과도 일맥상통 一脈相通 한다. 70살 된 노인이 100살 된 부모를 모시는 것이 어디 쉬운 일이겠는가. 자식들에게 부담 주지 않고 노년을 행복하게 보내기 위한 고민이 필요하다.

나무는 뿌리가 썩으면 좋은 열매를 맺을 수 없다. 부모, 노인이라는 뿌리가 썩어가는 데 열매가 건강할 수 없다는 뜻이다. 65살 넘어 맞는 인생의 휴가를 멋지게 쓰고, 근사하게 살다가 죽음을 맞이할 수 있도록 철저한 노년 준비가 절실하다.

평균 수명 100살 시대가 다가왔다. 사람들은 대부분 20대에 공부하고, 30대에 결혼해서 50살까지 자식을 키우고 60대까지 세운 인생설계를 전부라고 생각한다. 그 후 40년 동안 인생 설계가 돼 있는 사람들이 얼마나 될까. 노년은 인생의 휴가를 받은 것과 마찬가지라고 생각한다. 살아가야 할 날들이 얼마나 남았는가 하는 것을 깊이 생각해 볼 필요가 있다.

나이를 먹으면서 가장 큰 문제는 외로움이다. 우리나라 노인자살률은 OECD 국가 중 1위로 일본보다 2배가 높다. 1996년 당시 노인 10만 명당 28명에 해당했던 자살인구가 2006년 10만 명당 50명이 훌쩍 넘었다.

노년처럼 축복받은 삶이 어디 있을까? 오래 사는 것은 분명 큰 축복임에 틀림없다. 신의 은총恩寵이 아니면 우리는 지금까지 이렇게 살 수가 없다. 축복의 시간을 행복하게 살아야 하지만, 사람들은 노년기에는 잃어버리는 게 많다고 생각한다.

물론 나이를 먹을수록 더 많은 슬픔을 견뎌야 하고 더 많은 것을 잃는다. '상실喪失'은 노년의 가장 두드러진 단면이다. 친구·친척·배우자 심지어 자녀가 먼저 세상을 떠날지도 모른다. 상실이란 단순히 죽음만을 뜻하지 않는다. 삶의 모든 측면이 상실의 영향을 받는 듯하다. 사회적·경제적인 것 외에도 눈이 침침해지는 것과 같은 육체적 상실은 독서나 운전처럼 즐거움을 주었던 활동을 어렵게 만든다.

상실을 경험한 사람들은 다른 사람과 나눌 수 있어야 한다. 외로움과 상실로 힘든 노년기에는 가장 중요한 존재가 친구다. 노년기에 가장 좋은 것은 살던 곳에서 친구들과 함께 살다 죽는 것이다.

우리나라의 교육제도는 초등학교 6년, 중·고등학교 6년, 대학 4년까지 배우고 그 이후에는 교육과정이 없다. 어린 시절 배운 지식으로 평생을 살아간다. 하지만 100살까지 풍요롭게 살려면 끊임없이 공부해야 한다. 재산관리·건강관리를 비롯해 그동안 살아온 재능을 노후생활에 어떻게 활용할 것인지 배우는 교육의 장場이 마련되어야 한다.

자식들과 가까이 살면 살수록 갈등葛藤이 생긴다. 자식에 대한 기대는 원망을 키울 뿐이다. '내가 어떻게 키운 자식인데……'하는 생각으로 섭섭한 마음이 커진다. 하지만 "자식은 태어나서 예닐곱 살까지 온갖 재롱을 피우며 부모를 기쁘게 해 드렸기 때문에, 이미 평생 할 효도孝道를 다했다"는 말도 있다.

누가 처음 이 말을 했는지는 모르겠지만, 자식을 둔 부모들은 내 마음대로 되지 않는다고 자식을 탓하기 전에 이 말을 떠올리면 좋은 위로?가 될 듯싶다. 하긴 우리도 어렸을 때 부모님 속을 얼마나 썩여 드렸는가? 아이를 낳아 부모가 되기 전에는 부모님 마음을 모른다고 했던가! 처지를 바꿔놓고 보면 부모는 자식 키우는 재미에 빠져 자녀를 길렀지만, 자식은 부모가 죽어가는 것을 보는 것이다. 몸이 아프고 고통스러워하는 모습을 지켜보는 일은 슬픔이다. 자식들에게 의지하는 것보다 부부만의 노후를 보내는 것이 더 화목和睦한 가정을 만들 수 있다.

미국은 재산 보유형태가 주택은 30%, 금융자산 70%지만, 우리나라는 주택이 90%. 금융자산이 10%에 해당한다. 우리나라 노인들은 돈을 쓰기보다 집 한 채 잘 갖고 있다가 자식들에게 물려주려고 한다.

자식에게 재산을 물려주면 세 가지를 잃는다는 말이 있다. 첫째는 자식, 둘째는 인생, 셋째는 재산을 잃어버린다는 것이다. 오히려 그 재산을 관리하며 여생餘生을 풍요롭게 보내는 것이 더 낫지 않겠는가? 이제는 가장 합리적인 방법으로 패러다임을 바꿀 때라고 생각한다.

100세 시대의 노후 대책은 부부중심으로

21세기는 가히 '노인의 시대'라고 해도 과언이 아니다. 120년 만에 고령화 사회로 진입한 프랑스와 달리 우리나라는 26년 만에 진입했다. 평균 수명 100살이 먼 훗날 이야기가 아닌 시대에 우리는 살고 있다. 우리는 대부분 노후 대책 없이 자식들의 교육비에 가진 돈을 다 쓰고, 그나마 남은 돈 마저 자식들에게 물려주고 있다. 왜냐하면 노후 대책보다 자식 교육을 우선순위로 두고 있는 부모들이 많기 때문이다. 여기에는 자식을 잘 키우면 나이 들어 호강할 것이라는 무의식 속의 착각도 큰 몫을 차지한다. 하지만 자식은 10살까지만 '품 안의 자식'이지, 그 이후부터는 사이가 점점 멀어지는 게 현실이라는 것이 중론衆論이다.

자녀를 대학까지 졸업시키기 위해서는 1인당 2억 5천만 원, 한 집에 두 명만 대학에 가도 5억이 든다는 계산이 나온다. 고학력자가 넘쳐 나지만 20대 청년실업자는 100만 명이 넘고, 기술 현장에서는 구직자가 부족한 것이 현실이다. 독일은 중학교 때부터 대학공부 할 사람과 기술직에 종사할 사람들을 구분 짓는다고 한다. 자신들의 성향에 맞는 직업을 찾는 일에 어려서부터 훈련을 하는 것이다. 우리도 만시지탄 晩時之歎 의 감이 있으나 이제라도 독일의 이러한 사례를 적극적으로 벤치마킹해야 할 때라고 본다.

사람은 누구나 나이를 먹으면서 몸이 구석구석 아프기 시작한다. 몸이 아프면 짜증이 늘고 점점 어린아이처럼 되어 간다. 몸이 늙고 아픈 곳이 늘어날수록 자식들이 눈치껏 돌봐주었으면 하고 바라나, 정말 극소수의 효자·효녀를 제외하고 자식들은 무심하다. 노년이 되면 또 하나의 문제는 친구가 없다는 점이다. 우리나라는 불명예스럽게도 OECD 국가 중 노인 자살률이 1위이다. 독거 獨居 노인들이 외로움 때문에 자살률이 높은 일본을 제쳤다는 반갑지 않은 소식이다. 우리나라의 노인 자살률의 이유 중에는 경제적인 이유도 크다. 나이가 들어서 돈이 없으면 심리적으로 자신감이 줄어들고 위축 萎縮 되기 마련이어서, 젊었을 때처럼 다양한 친구들과 만나기도 어렵다.

마지막으로 가장 큰 문제는 평생 사랑을 쌓아오지 않은 부부가 50년 이상을 함께 해로 偕老 해야 한다는 것이다. 부부는 20대에 맞지 않으면 30대에 맞추고, 또 살다 안 맞는 부분이 있으면 40대에 고쳐가며 살아야 50대에 애인처럼 살 수 있다. 자식 키우는 데 열중했던 아내와, 직장에서 돈 버는 데에만 신경 쓰던 남편이 노년에 금실 좋은 부부로 살기 위해서는 생각보다 많은 노력이 필요하다.

명품 상점들이 많기로 유명한 프랑스 샹젤리제 거리의 레스토랑에서 와인을 마시는 사람들은 대부분 노인이다. 젊은 사람들에게는 비싼 가격이기 때문이다. 이탈리아의 값비싼 음식점에서도 노인들이 여유롭게 식사를 하는 모습을 쉽게 볼 수 있다. 우리나라는 거꾸로 돌아가고 있다. 비싸고 맛있는 음식점에는 노인들이 없고, 탑골공원에서 그 노인들을 볼 수 있다. 평생 열심히 살며 모은 돈으로 여유를 즐기는 노인은 찾기 어렵고, 부모의 돈으로 아무 의미 없이 돈을 물 쓰듯 펑펑 쓰는 젊은이는 사방에 널려 있다.

　뿌리가 튼튼해야 나무도 튼튼한 것은 당연한 이치理致이며, 그래야 열매도 풍성히 맺을 수 있다. 우리 사회의 노인은 뿌리와도 같은 존재다. 더욱이 고령화 시대로 접어든 이때에 노인 행복은 우리 사회의 과제課題이기도 하다. 하지만 우리나라는 178개 나라 중에서 행복지수가 102위에 해당한다. 그것은 질서秩序가 무너졌기 때문이다. 차제此際에 자식들에게 분별없이 경제적 원조를 해주는 것이 진정한 행복을 위한 길인지 다시 한 번 생각해봐야 한다.

심각한 지구환경 문제 솔루션

현대 과학이 밝혀낸 바에 의하면 우주宇宙가 생성生成된 지는 150억 년, 지구는 45억 년으로 알려져 있다. 그동안 지구에서는 많은 생명체가 살다 사라지기를 반복하며 5번에 걸친 대멸종이 있었다. 인간은 만물의 영장靈長임을 자처하며 지구에서 영원히 살 것 같은 착각 속에 살고 있지만, 1억 9,000만 년을 살았던 공룡恐龍도 멸종했다. 45억 년 중 인간이 살아온 기간은 300만 년 정도다. 45억 년을 하루 24시간으로 본다면 인간이 살아온 시간은 단 '2초'에 불과하다. 지금 이 순간에도 인간이 만들어낸 6번째 대멸종은 진행 중에 있다.

환경 파괴는 인간이라는 존재가 지구에 나타나면서 시작됐다. 산업혁명産業革命 이전에는 공기 중 이산화탄소량이 250ppm이었다. 공기 알갱이 100만 개 중 이산화탄소는 250개 존재한다는 것을 의미한다. 하지만 산업혁명 후 이산화탄소량은 380ppm 2006년 기준 까지 달했다. 지구 역사를 통틀어 300ppm을 넘은 적은 한 번도 없었다. 이는 우리가 지금 멸망의 한 가운데 들어섰다는 증거가 아니고 무엇이겠는가.

캐나다 퀸즈대학 연구에 따르면 과거 북극 온도는 아무리 높아도 5℃ 안팎이었는데, 지구 온난화가 진행되면서 22℃까지 올라갔다고 한다. 북극 얼음의 3분의 1이 녹고, 시베리아 만년설萬年雪이 녹고 있다. 북극과 남극은 우리와 큰 상관이 없는 것 같지만, 지구의 자동 온도조절 장치로 중요한 역할을 하고 있다. 북극과 남극의 설원雪原은 태양 빛을 반사해주기 때문이다. 하지만 설원이 녹고 땅이 드러나면서 태양 빛을 제대로 반사하지 못해 지구는 온도가 올라갈 수밖에 없는 것이다.

20여 년 전 6월 하순께 30℃까지 올라갔을 때 사람들은 경악驚愕했다. 하지만 지금은 5월 초에 33℃까지 오른다. 사람들도 높은 기온에 점점 적응되어간다. 환경학자들은 '개구리 이론'을 예로 들어 경고한다. 미지근한 물에 개구리를 넣을 당시에는 뜨거운 것을 모르다가 서서히 끓어 100℃가 되면 뜨거워 죽는 개구리처럼, 인류에게도 그렇게 멸망의 위기危機가 다가오고 있다는 것이다.

우리나라 사람들은 대한민국이 마치 산유국産油國이라도 되는 것처럼 에너지를 과소비하고 있다. 우리나라 에너지 사용량을 100이라고 친다면 일본은 35, 독일은 85, 미국은 75, 프랑스는 81을 쓰고 있다. 2000년에 1배럴159ℓ당 18달러였던 석유값이 2007년 80달러, 2008년 126달러로 상승했다. 140달러 선을 넘기면 우리나라 경제는 버티기가 어렵다. 우리나라 경제는 한 해 1,000억 달러어치를 수입하는 석유를 기반으로 돌아간다. 석유를 수입해서 물건을 만들어 수출하고 다시 석유를 사들이는 것을 반복하고 있다.

석유가 나지 않는 나라에서는 원자력 발전이 매력적일 수밖에 없다. 하지만 핵폐기물로 인한 방사능 피해는 커다란 문제로 대두되고 있는 실정이다. 1986년 4월 26일 소련 체르노빌에서 원자력 발전소 방사능이 유출되어 30만 명이 죽고, 지금까지도 방사능 때문에 500만 명이 고통을 호소하고 있다. 우리나라는 현재 원전 16기에 전력의 40%를 의존하고 있다. 우리나라는 원자력 발전을 대신할 풍력과 태양광 발전을 하루속히 늘려야 한다. 덴마크와 독일은 2030년경 전체 전력을 풍력으로 운영할 예정이라고 한다.

교황 베네딕토 16세는 "환경문제는 환경운동가만이 아닌 우리 모두의 문제"라고 강조했다. 사용하지 않는 전기 코드를 뽑는 일, 냉장고에 음식을 가득 채워두지 않는 일 등 작은 노력이 지구 환경을 건강하게 만든다. 에너지 문제에 대한 의식意識을 갖고 가정에너지 절약부터 하나하나 실천해나갈 때, 지구 환경은 아름답게 보존될 수 있을 것이다.

교회가 왜 환경운동을 해야 하는가. 사람들은 간혹 의문을 가진다. 종교宗敎는 가르침 중에서 최고 높은 가르침이다. 교회는 시대의 징표徵標를 읽고 이해하며 이끌어나갈 의무가 있다.

창조주創造主께서 인간에게 공짜로 주신 햇빛·공기·물·땅 등을 돈 주고 쓰기 시작하면 멸망에 가까운 것이다. 환경문제 해법은 도시에 집중된 인구를 분산시키는 데서 찾을 수 있다. 200만 명이 도시를 빠져나가면 교통 문제와 도시 불균형 문제도 해결할 수 있다. 흙을 밟으며 살 수 없는 도시는 시골에 비해 정신 건강에 유익하지 않은 환경임에 틀림없다. 자연으로 돌아가 살아야 한다. 42억년 동안 형성된 지구 보호막 성층권 25㎞가 단 100년 만에 스프레이 등으로 망가졌다고 한다. 남극 공기층이 얇아지고 호주·뉴질랜드 오존층에는 구멍이 뚫려 피부암·실명 환자가 속출했으며 양들 역시 생육生育 장애를 일으켜 죽었다는 것이다. 죽은 양들의 가죽은 양모로 쓰고, 살은 영국으로 수출했다. 영국에서는 소를 빨리 살찌우기 위해 양고기로 만든 사료를 먹었고, 그로 인해 광우병이 발생하는 어처구니없는 일이 발생했다.

모든 환경 재앙災殃의 근원은 인간으로부터 비롯된다. 인간이 저질러놓은 환경문제를 해결하기 위해 교회가 나서야 할 때다. 세상이 썩지 않도록 소금이 되어줘야 한다고 생각한다. 정신적 성전聖殿이 필요하다. 교회가 정신精神이 살아 있으면 세상의 빛과 소금이 된다. 교회 환경운동은 생명질서를 보존함으로써 세상에 빛이 되고 소금이 되는 것이다.

우리나라 환경문제도 여러모로 몸살을 앓고 있다. 요즘은 재건축과 재개발 때 환경을 최우선으로 배려한다고 한다. 그 결과 살기는 예전보다 좋으나 개발보다 더 중요한 것은 환경보존이다. 이미 유럽이나 선진국은 산과 바다는 말할 것도 없고, 건물을 예전으로 되돌리자는 운동이 많다. 특히 유럽을 가본 사람들은 알겠지만 500~600년이 된 건물들이 즐비하다. 그리고 도로도 예전과 다르지 않다. 그런데 우리나라를 보면 서울만 하더라도 뉴타운에 재개발·재건축으로 인해 무분별한 도로건설에 따라 과거 건물은 자동적으로 그 유래由來와 상관없이 없어지고 만다.

물론 삶을 윤택潤澤하게 하기 위해 하는 것은 좋으나, 정부와 시 등 관계기관에서 TFTask Force팀이라도 만들어 건물을 지을 곳에 공원을 만든다든지, 습지濕地를 만든다든지 아니면 공원을 만들어서 더 좋은 환경을 조성造成하는 것이 낫다고 생각한다.

죽어가는 환경을 다시 되살리는 것은 최소 100년이라는 세월이 걸린다고 한다. 과거 강원도 고성 등지에서 대규모 산불로 그 일대의 나무가 거의 다 불에 타서 죽은 기억이 있다. 그 나무들을 본래의 모습으로 되돌리기 위해서는 최소 20~30년이 걸린다고 한다. 너무 개발에만 급급해서 일을 추진하다보면, 정작 우리에게 소중한 땅과 산과 물은 이제 볼 수 없을지도 모른다.

한국은 춘하추동春夏秋冬의 4계절이 뚜렷한 나라였다. 그래서 미국이나 유럽 등 각국에서는 우리나라를 부러움의 대상이었다. 그런데 지금은 환경의 파괴破壞로 인해 봄과 가을은 서서히 없어져 가고 여름과 겨울만 남은 것 같은 생각이 든다. 기상氣象전문가들은 우리나라도 앞으로 수십 년 안에 아열대亞熱帶 기후로 변할 것이라고 예고하고 있다. 이것이 바로 환경 파괴로 인한 결과가 아닌가 하고 생각해 보면 온 몸에 소름이 끼친다. 지금은 우리 모두 합심하여 머리를 맞대고 우리 후손들에게 풍요로운 환경을 물려줄 수 있도록 '사고思考의 환골탈태換骨奪胎'를 이룰 때라고 생각한다.

58년 개띠 인생의 애환

초판 1쇄 2013년 07월 10일

지은이 김웅원
발행인 김재홍
기획편집 권다원, 김태수, 이은주
마케팅 이연실

발행처 도서출판 지식공감
등록번호 제396-2012-000018호
주소 경기도 고양시 일산동구 견달산로225번길 112
전화 031-901-9300
팩스 031-902-0089
홈페이지 www.bookdaum.com

가격 12,000원
ISBN 978-89-97955-72-5   03810

CIP제어번호 CIP2013010288
이 도서의 국립중앙도서관 출판시 도서목록(CIP)은 e-CIP 홈페이지(http://www.nl.go.kr/ecip)에서 이용하실 수 있습니다.